ダイヤモンド・ドッグ

《多文化を映す》現代オーストラリア短編小説集

ケイト＝ダリアン・スミス／有満保江 編

現代企画室

（凡例）

・本書は、オーストラリア社会の多文化状況を文学を通して紹介することを目的に編まれた、日本語版オリジナルのアンソロジーです。

・収録した作品の原題、初出、著作権表記などは、各短編の扉裏面に、各作家の略歴とともに記しました。

・オーストラリア文学の歴史的背景などについては、巻末の解説とあとがきをご参照ください。

・その他、本書成立の経緯について、詳細は巻末の解説とあとがきをご参照ください。

ダイヤモンド・ドッグ　ニコラス・ジョーズ

"Diamond Dog" by Nicholas Jose

（佐藤　渉＝訳）

ニコラス・ジョーズ (Nicholas Jose)

1952年、ロンドン生まれ。両親はアングロ系オーストラリア人。主に南オーストラリア州アデレードで育つ。オーストラリア国立大学とオックスフォード大学で学んだ後、1986年から1990年まで上海と北京に滞在、その地で教鞭を執り、またオーストラリア大使館に勤務する。2002年から2005年までシドニー・ペンクラブ会長。2005年以降はアデレード大学の創作講座の教授を務める。中国文化に深い影響を受け、中国作家の翻訳や現代中国美術の紹介にも力を注ぐ。オーストラリアをアジアの一部として捉え、越境をテーマにした小説を多数執筆。小説に『本来の顔 *Original Face*』(2005)他6冊、短編集『琥珀 *The Possession of Amber*』(1980)、『羽根あるいは鉛 *Feathers or Lead*』(1986)、エッセイ集『中国の囁き *Chinese Whispers, Cultural Essays*』(1995)がある。

島は物語であふれていた。島で何かが起こると、人びとは話を誇張し、脚色を加えて何度も何度も語るのだった。まるで伝説みたいに。彼らは仕事の手を休め、あるいは門口で歩みを止めて、あるいは遠くを眺めながら忠告めいた話を始め、声を潜めて意味ありげに笑みをかわした。老夫婦はそんなふうにして島の住民から、ああ、あのひとたちのことかと認められるようになった。みんなは好奇心をくすぐられて、「そうだ、あなた方のお隣さんは中国人でしたよね」と夫婦に話しかけてくるのだった。うまくやっているのかしら、と思いながら。

老夫婦は地元の人間だった。三十年以上この島に暮らしてきた。夫はボートのエンジンを修理したり、釣り人が必要とするこまごましたものを売ったりしていた。波止場の近くに船を収容する倉庫と進水用の傾斜路を持っていた。妻は人形を作り、手編みの洋服を着せた。まだ若かったころ、島に初めて手芸店ができると、彼女は自分の作った人形を店に並べてもらった。以来、彼女の人形の評判は沿岸一帯に広まった。人形は、ひとつひとつすべて異なっていた。

夫婦は面倒から逃れたくてこの島に移住してきた。ところが、夫婦の十代の娘には、島が両親を乗せて漂う幽霊船みたいに思えてきた。高校生になると、彼女はたびたび島に戻る最終フェリーに乗り遅れて、夜どおし本土で過ごすようになった。やがて娘は、正反対の方向へ、都会の真ん中へと逃げていった。町から町へと渡り歩き、ゆきずりの人たちと暮らした。夫婦にはどうすることもできなかった。彼女は国の北の果てに流れ着いて、しばらくある男と腰を落ち着けた。それから、また逃げ出し、またやっかいを背負い込む羽目になった。彼女が息子を父母のもとに送り届けたのは、このときだった。その少年ルークは、老夫婦のもとで楽しい夏を過ごし、彼らを幸福にした。夏が終わっても、少年はそのまま島に残った。まだほんの子供だったが、自分には島で育つのが一番だと分かっていたのだ。

中国人の一家が隣の家に引っ越してきたとき、老夫妻はお茶に招待しなかった。ふたりに言わせると、黄色い化粧漆喰で塗られ、庭はほったらかしで土もざらざらしている、南米の農園屋敷風のその家は、通りにすさんだ印象を与えるものだった。そこに長く住む人はいなかった。ようやく前の住人が出て行って、少しはましになるかと思っていたら、あの中国人たちがやってきたのだ。

「こんちは」午後遅く、中国人の女は洗濯物を干しながら、にっと笑みを浮かべて声を掛けてきた。「こんちは」女は繰り返して、フエガラスにやるご飯粒を裏口の石段の上に置いた。

中国人夫婦には小さい娘がいた。少女の着ている服はこざっぱりと洗濯され、アイロンがかかっていた。洋服の袖口はギャザーが寄せられ、腰には帯が蝶結びにされていた。つやつやした黒髪には帯とおそろいのリボンを結んでいた。母は毎日、娘の送り迎えをした。その子はいつも赤い口紅をさして登校したので、しまいには教師が母親に向かって、口紅は禁止ですと注意しなければならなかった。

ランランは七歳だった。幅の広い顔に、じっと見つめる大きな目がずいぶん離れてついていた。

ひょろりと長く伸びた手足は不恰好だった。

ルークは九歳だった。少女とは道をはさんで反対側を歩き、距離を保つようにしていた。だぶだぶのサーフパンツに茶色のTシャツを着て、髪は一センチに刈り込んでいた。彼の飼っている小さなダックスフントは、裏庭に通じる戸の掛け金が音をたてると、いつも甲高い声で吠えながら駆け寄ってきた。わん、わん、わん、わん！　犬が懸命に吠えると、少年は「ただいま、ユーリ！」と大声で応えるのだった。

老人とその妻は昔、ミニチュア・ダックスフントの繁殖を手掛けていた。娘が生まれたばかりのころ、嫉妬した犬が赤ん坊に咬みつこうとしたことがあって、ふたりは犬を一匹残らず養犬所に引き渡してしまった。何年もたって娘が家を出ると、夫婦はもと飼っていた犬の血を引く子犬たちの中から、一匹を引き取った。その犬が死んでしまうと、別の犬を譲り受けた。ルークの九歳の誕生日プレゼントに、ぴったりのタイミングで生まれた、雄の子犬だった。

ランランはよく柵の隙間に鼻を突っ込んで、中国語で「汪《ワン》、汪《ワン》、汪《ワン》！」と呼び掛けた。すると犬はその意味を完璧に理解して、彼女に応えてきゃんきゃん吠え、くんくん鼻を鳴らしながら寄ってくるのだった。短い足をした栗色のダックスフント。蛇やすばしこい野生動物が住み、おとり餌が仕掛けられているブッシュに迷い込まないようしつけられた、庭の囲いの中で暮らす番犬。

＊

島にやってきて数週間もすると、ランランは他の子供たちと同じようにひとりで学校に通うと言い張って、母親とけんかを始めた。少女はその辺の事情をよく心得ていた。校門の前でいつも中国人の女が待っていたら、わたし、いつまでたっても中国人のままだわ、と思ったのだ。

母親も言い返しはしたが、一日に二度、家を離れるとほっとすることや、学校と丘の上の我が家を結ぶ道を、娘の暖かい手を握って歩く喜びについては黙っていた。

結局、ランランは、見知らぬ人とは目を合わさないと約束して、ひとりで丘を登ったり下ったりするようになった。道の反対側を歩くことにしていたルークは、少女との距離を少しばかり縮めた。やがて、ふたりは並行して歩くようになった。そんなある日、戸の掛け金がきちんと閉まっていなかったので、ユーリが逃げ出してしまった。ランランが大声で呼ぶと、犬は一目散にやってきて、彼女のくるぶしのあたりをさかんに嗅ぎまわった。ルークもこちら側にやってきた。彼は目をきらきらさせながら、身をよじる犬を乱暴に抱きかかえた。ランランの母親は、子供たちが犬を連れて帰るのを二階の窓から眺めていた。そのままふたりは、一緒に学校へ歩いていった。放課後、ランランが帰っていると、ルークがかさかさしたそばかすだらけの顔いっぱいに笑みを浮かべて、走って追いかけてきた。緑色の目が躍っていた。

ランランは年の割に背の高い子だった。ルークより二歳年下なのに、同じくらいの背丈があった。それにルークに劣らずバッタみたいにやせっぽちだった。ランランはルークに、お母さんのご先祖様に中国の東北地方の王子様がいて、わたしその血を引いてるの、と打ち明けた。ルークはランランに、ぼくには両親がいないから、おじいちゃんとおばあちゃんと一緒に暮らしているんだ、と告げた。彼はこの世界でひとりぼっちだった。彼の本来の住所は「宇宙」、郵便番号は「無限」だった。だからこそ飼犬の名前として、世界初の宇宙飛行士、ロシアのユーリ・ガガーリンの名を選んだのだ。自分と少女とのあいだに境界は感じなかった。彼女は、この道をどこまでも進んでいくとやがてはたどりつく、中国という名の宇宙の住人であり、やはり無限の存在だった。

ルークはランランを連れ、砂でざらつく曲がりくねった小道やけもの道を案内した。そうした道は、島じゅうに広がるブッシュを縫って、くねくねとつづいていた。ふたりは思いがけず、人目につかぬ白い砂浜に出くわしたり、黒くじめじめした水場にたどり着いたりすることがあった。また、赤みがかった革の色をした絶壁のてっぺんに飛び出したこともあった。崖にぽっかり口を開いた洞窟は、海鳥のねぐらになっていた。そんなときにはカモメになったような心持ちがして、くらくらした。ルークは、背丈くらいの長い真っすぐな棒を使って、足の踏み場を確かめるよう、少女に教えてあげた。ギャザーや飾り帯のついた少女の服は、とげとげしたセンネンボクや弾力のあるワトルによく引っ掛かった。ユーリは一緒にきてはいけないことになっていたが、仲間に加わることもあった。ふたりと一匹は、一列に並んで低く身をかがめ、茂みが頭上で重なりあってトンネルになっているところを進んでいった。子犬は興奮して尻尾を振りながら、さまざまな臭いや足跡をたどった。

ランランの父親は、夕暮れ時になると娘の帰りを待ち構えていて、芝居じみた英語で叱りつけた。

「ランラン、お前、練習、ピアノ、時間！」

少女の父は芸術家だった。野生児のような少年を見て、彼は苦労の痕が刻み込まれた顔に皺を寄せた。よれよれの短パン、色あせて潮の跡が染みになったシャツ、素足にはいた擦り切れた運動靴、土の上を引き摺っている靴ひも、箸みたいな足、皮をむいたナッツを思わせる頭。通学用のピンクの服を着て、長いお下げにきらきらした赤いリボンを結んでいるランランとは雲泥の差だった。

父親は母国の言葉で注意した。陽が沈んで暗くなり始めたら、ブッシュの中で遊んでいてはいけない。この国には、子供が跡形もなく消えてしまう話がつきものなのだから……。

少女は、家の中に引き入れようとする父親から身を振りほどき、抗議を込めてしかめっ面をした。

*

ランランの父は人物を描いた。自分の名声をこの画家の評判に任せてみようという人たちの、肖像画を描いたのだ。祖国の芸術院では、約束ごとに従って創作することを学んだ。彼は最も優秀な学生のひとりだった。そしてある日、自分の技術はもはや何の価値も生み出さないことに気づいて移住する決意をし、まずこの新しい国へ渡り、次に南海岸の沖の、小さな島へとやってきたのだ。彼はモデルの中に自分の姿を見た。お高いインテリ、富を追い求める男、額に汗して働き日々を乗り切る労働者、祖国を去る人、新しくやってきた移民。彼はこうした人びとすべてだった。彼の芸術そのものが混血の産物だった。彼がイメージを生み出す手法は、西洋から中国へ渡り、様々な要素を取り込んで、新しい、革命的な歴史精神を讃える役割を果たした。この芸術に精通した彼は、それを新たな場所へ持ち込んだ。異なる歴史を持ち、歴史礼讃が軽んじられている場所へ。英雄は滑稽な一匹狼で、陰でくすくす笑われ、一方で悪党が群衆に紛れこんでいるような場所へ。

彼は、朝の光の中で描いていた顔を眺め直し、自分とその顔のあいだに割り込んできた亡霊や仮面、ふたりを隔てる皮膚とは何だろうかと考えた。画廊の主人は生姜のかけらのような鼻をしていた。ポーズをとっている写真の中から、主人は画家にずっと笑いかけていた。画家も笑い返した。なにしろ、この抜け目のない画廊の主人を満足させなければならないのだ。笑い声が、熱く、冷たくふたりのあいだを吹き抜けていく中、画家はその顔にぶ厚く絵の具をなすりつけていった。すると突然、その絵が不満になった。彼は画筆を放り出して、大股で戸外へ出て行った。

自分の作品に我慢がならなくなると、彼はいつも浜辺を歩くことにしていた。どんな天候のときでも波は重々しく打ち寄せ、大きな潮が巨大な砂堤を築き、また削り去っていった。そうした変化は彼を魅了した。日によって、浜辺は空っぽのこともあれば、漂着物が散在していることもあった。貝殻、海草、膨れあがった魚、溺れた鳥、ビニール製のロープや空き瓶。中には中国語が印刷されているものもあった。流木。板材。大きな丸い根塊に泡立つ波がまとわりつき、汀を逃れられなくなった木。人間の手足を関節のところでもぎ取り、かたちを失うまで煮込んだかのような木。死骸。難破船の残骸。ところが次にきてみると、浜辺はもとどおりきれいになっているのだった。ごくまれに、流木が波打ちぎわから遠く離れたところまで打ち上げられ、砂に深く埋もれ、いつまでもとどまっていることがあった。そんな木を彼は散歩の目安にし、その上に腰掛けて脚を組むと、煙草をくゆらしながら永遠にうねりつづける海を眺めているのだった。

眼前に広がる海は、時に人の命を奪う激しい波で知られていた。試してみたければ、自分の責任でやってみればいい。彼は腰を下ろし、海に魅せられているだけで満足だった。木は彼の救命ボートだった。仮に津波が襲ってきても、波に浮かび、安全なところへ運んでくれることだろう。

砂に半ば埋もれ、水平に横たわる木には美しさがあった。打ち上げられた浜で、くる日もくる日も滑らかにすり減っていく木。鋭くとがり、虫に喰われ、あらゆる方向に捩れ、巨大な火を燃えあがらせる力を秘めた木。画家はアトリエに戻ると、捩れ、漂う美を探求して、スケッチブックのページをクレヨンで塗りつぶしていくのだった。

*

隣の家から、叫び声と平手で頬を打つ音が聞こえてきた。ランランが大声を上げていた。「殺し合いをしているみたいじゃないか」おばあさんは眉を吊り上げてルークをからかった。おばあさんは、少年が友だちを助けに行こうとするのを押し留めた。

毎週木曜の午後になると、床屋が島にやってきた。太った年配の男で、自分の頭は禿げ上がっていたが、子供の髪を半額で切ってくれた。ルークは月に一度、髪を刈ってもらった。その日の放課後、ランランは少年と一緒に床屋へ行った。「この子と同じにして」と少女は男に頼んだ。

「お母さんは知っているのかい」床屋は尋ねた。

「散髪代をくれたわ」そう答えて、少女は手に握った小銭を見せた。

「だったらお座り」と言って、床屋はルークに目配せをした。

少女は鏡に映った姿を確かめながらお下げをつまみあげ、床屋のはさみのところまで持ち上げて、ここを切るようにと髪の付け根あたりを示した。あとは簡単だった。後ろと横を短くして、首筋はルークとちょうど同じ具合に剃り上げるよう注文した。電気かみそりが肌に触れると、彼女は身震いした。断ち切られたお下げは、まるで魚のようにひざの上に横たわっていた。彼女は鏡の中の自分の姿に笑い声をあげ、大喜びでルークのほうを振り返った。少年は彼女の大胆さにすっかり圧倒されてしまった。

床屋が首のまわりに掛けた布を取り去ると、少女は椅子から降りて、もう一度鏡に映った自分の姿を眺めた。頭をこちら側、あちら側へと傾けてみた。男の子の髪型をして、ギャザーを寄せたピンクの服を着ていると、どうも奇妙に見えた。ランランはこうなることを予想して、ルークに服を借りる段取りをつけておいた。ふたりは一緒に波止場へと歩いていった。ルークが公衆トイレの外で見張りに立つと、ランランは、少年が通学かばんに詰めて持ってきた紫のビラボン・パンツと、茶色の地にクリーム色のGTカー風ストライプの入ったTシャツに着替えた。赤い革のサンダルだけがそのままだったが、それはまあ、大目に見てもよかった。

母親は娘の帰りが遅いのを心配して、二階の窓から通りを見守っていた。やがて、同じ背丈の子供がふたり、猿みたいに飛び跳ねながら一緒に丘を登ってくるのが見えた。ランランは、自分だとばれずにどこまで近づけるか試してみるつもりだった。ふたりが前庭までやってきたところで、ようやく母親は叫び声を上げた。最高の悪ふざけをやってのけたランランは、けたたましい声で笑い始めた。

そんなことがあって、少女はルークと遊ぶのを禁じられた。家に帰ると宿題とピアノの練習をした。少女はアトリエに腰を下ろし、父親が絵を描くのを見つめた。父は木の根を描いていた。芸術院を出てから、人間以外の対象を描くのは初めてだった。不規則な瘤や節は、始まりも終わりもない苦難の物語を語りかけてきた。海中深く螺旋を描いてさまよったあげく、ぎこちなく、沈黙のうちに浮かび上がってきたかたち。

日が少しずつ長くなると、ルークは他の子供たちと、彼らの家の裏庭で遊んだり、浜に出て遊んだりするようになった。ランランは、彼が出入りするたびに戸の掛け金が開いたり閉じたりする音を聞いた。寂しげなユーリの鳴き声は、少女の無言の欲求不満を代弁していた。

ふたりは、また道の両側に分かれて通学するようになった。出かける時間をずらすようお互いに気をつけていたが、気まずいことに同じタイミングになってしまうこともあった。

＊

島に春が訪れると、ひっそりとしていたブッシュは息を吹き返した。青や黄色の小鳥たちは、芽吹き始めた梢のあいだを軽やかに飛びかい、オウムはやかましく鳴き喚きながら、庭の芝生に急降下爆撃を加えた。下生えの中ではトカゲがかさこそ音をたてた。ランやヒナギクはいっせいに花を咲かせた。粒状の花をびっしりとつけ、霞のかかったようなワトルは、つよい香りを放った。虫たちはぶんぶん羽音をたて、蛇はきらりと光を跳ね返した。

明け方や夕闇が深まる時分、漁師たちは海に出るようになった。

クリケットのシーズンが幕を開けると、学校では毎年恒例の募金集めの行事が催された。小学校が閉鎖されてしまうと、若い家族や、自分たちの生活様式を次の世代に伝えたいと願っている人たちは島を去るしかない。春に開催される仮装クリケット試合は、島がひとつになって盛り上がる大切な機会だった。祭りの一環として美術展も開かれ、大勢が参加した。いろんな恰好をした子供たちが喚声を上げながら、テレビで見たクリケットの有名選手の動作を滑稽にまねて、グラウンドをあちこち走りまわっているかたわらで、大人たちは板を渡した台やついたてに、自分たちの創造力の証を並べたてた。明るい陽射しの下、寄せ集めの芸術作品は番号とラベルを貼られ、一風変わった平等感を醸し出していた。

ルークは、オーストラリア代表チームの咲き誇るワトル色のユニフォームを着て、憧れのクリケット選手、シェーン・ウォーンの恰好をしようと決めていた。シェーン・ウォーンはどこに行ってもベイクド・ビーンズばかり食べているんだ、と少年は祖父母に言った。ルークは、自分もそうできたらいいのに、と思っていた。

少年は、ランランが髪を切った日、通学かばんに詰め込んだ品をとっておいた。ギャザーを寄せたピンクの服や切り取られたお下げは、ウェットスーツの後ろに掛かっていた。お下げは服の襟に留めてあった。洋服ダンスの奥の暗がりをのぞき込むと、ランランが立っているのが見えるような気がした。

祖父母はバーベキューを手伝いに、ひと足先にクリケット場へ出かけた。ランランの母親は台所に立ち、お祭りに提供するにんにくと糸葱のお団子を蒸していた。父親は木の根を描いた絵を包んでいた。五ドルを支払って、美術展に出品することにしていたのだ。

ランランが外に出るのを見ていたのは、犬のユーリだけだった。彼女が門をすり抜けてこっそり忍び込むと、ユーリは猛烈に吠えたてた。彼女はルークの寝室の窓をこつこつ叩いた。彼はランランを素早く招き入れ、ドアを閉めた。そして洋服ダンスを開け、ウェットスーツを脇に押しやり、少女の服を見せた。「服を交換しましょ」と彼女は言った。

ルークも賛成した。緑と黄のシェーン・ウォーンの服を脱ぐと、ランランに手渡した。少女はジーンズとシャツを脱ぎ、帽子を除いたクリケットのユニフォーム一式を身につけた。ルークがやせっぽちの体にパンツ一枚で立っていると、ランランが彼の体にドレスをかざした。ドレスにもぐり込むと、背中のボタンを留めてくれた。ふたりは安全ピンを使って、帽子にお下げを取りつけた。帽子をかぶると、お下げが首筋を滑り降り、赤いリボンが舞い降りる蝶のようにゆれた。ランランは飾り帯を少年の腰に巻くと、口紅と頬紅を取り出して彼の顔に塗った。そして、父親が幸運のお守りに買ってくれた鮮やかな赤色のシュシュ〔ゴムひもをつけた布を小さな輪にした髪留め〕を外して、ルークの手首に巻いた。すると今度は、クリケットのごわごわした手袋を自分の手にはめ、ふとももの内側で赤いボールをこする練習を始めた。ルークは赤く塗った唇をつばで湿した。ふたりは庭に出た。中国のお姫様とクリケットの英雄が丘を下り始めると、ユーリは置いてけぼりを食うのが嫌で、尻尾をばたばたと振った。

会場の人ごみの中、みんなが見守る前で、ふたりは一緒に証拠写真を撮ってもらった。滑稽な面だけを見て、誰もが微笑み、うなずいた。みんな変身には寛容だった。立派な目的があって気持ちのいい野外に集っていると、日常からの逸脱も楽しむことができた。あとで語りぐさになるのだろうが。

その晩、食事の席で老夫婦はルークと一言も口をきかなかった。おばあさんは親指でルークの唇をこすり、口紅が落ちているのを確かめた。隣の家では、母親が聞き分けのない子だとランランを叱り、父親は娘をひっぱたいた。少女は泣き喚いていた。

＊

心地よい満月の夜、ランランは犬の吠える声で目を覚ました。ふとんの中で耳を澄ましている彼女の体に、月の光がゆらめく幾何学模様を描いていた。声はいつになく近く、執拗だった。彼女は束の間、夢の続きかしら、と考えた。暗闇から光の射すほうへ、人魚みたいに水の中をくぐり抜けていく夢。

隣の門扉が、穏やかな夜の風に揺れている。近くで吠えている。柵のこちら側、庭の奥の、桃やレモンの木が植わっているあたりだ。彼女は外に出ながら、「ユーリ」とおそるおそる呼んでみた。でも、犬は寄ってこなかった。

そのとき、木々のあいだを抜ける小道を照らす月明かりの中に、ユーリの頭が見えた。死に物狂いでもがいている。残りの部分は、太いホースのように地面をくねくねと這う何ものかにくわえられている。ダイヤモンドパイソンは口にくわえた犬をゆっくりと締め上げ、麻痺させようとしていた。ざらざらとした、きらめく肌がさざ波だち、ひきつれた動きにあわせて宝石のような黒と銀の鱗がかすかな光を放っている。ランランは蛇をじっとにらみ据え、わたしの燃えたぎる眼に恐れをなして大蛇が逃げ出さないかしら、と思った。しかし、飲み込もうとしているほうも、小さな犬の前半身の力が強く、身動きがとれなくなっていた。二匹はひとつになっていた。宝石をまとった蛇の身体が、ビロードのような耳をしたダックスフントのきゃしゃな頭をのせ、闇の奥へ伸びていく。

ランランが近づいていくと、息も絶え絶えの鳴き声はいっそう弱まった。子犬は何とか生き延びようと身を捩っている。あの湿った夜のトンネルにユーリが吸い込まれていき、しまいには子犬のかたちが月明かりを受けた大蛇のお腹にきらきら浮かび上がるのではないかと怖くなった。そのとき、ルークと散歩したときに使った棒のことが頭に浮かんだ。棒は裏のポーチに立てかけてあった。少女はそれを取りに行った。

そのころには、どちらの家族も犬の声を聞きつけて起きてきていた。ランランの両親はパジャマのまま出てきて眼をこすっていた。ルークのおばあさんは少年に腕をまわして抑えながら、急ぎ足でやってきた。少年は怖くて、べそをかいていた。

「きっと四メートルはあるな。それになんていう太さだ」おじいさんは目を凝らして言った。「この島にゃ赤ん坊を飲み込んだ奴もいた。気の毒にな」

そのとき、棒を構えたランランが進み出て、ダイヤモンドパイソンの胴体を打ち始めた。ばしん、ばしんと叩く。毅然として、大胆に。他のみんなは尻込みするばかりだった。

五、六回ばかり打ち据えると、とうとうパイソンは痙攣し始めた。子犬はありったけの力を振りしぼってもがいた。ダイヤモンドパイソンは、のどに詰まった子犬を吐き出しつつあった。パイソンは体の向きを変えると、長い胴を重たく引き摺って柵をくぐり、暗いブッシュの奥へと姿を消した。それっきりだった。

ルークはユーリを抱きかかえると、その弱り果ててべとついた体を玄関の明かりのほうへ運んでいった。ランランの父親は、犬の体が冷えないように古い毛布を持ってきた。子犬は後ろ足を動かすことも、尻尾を振ることもできなかった。

「ああ」おばあさんが大きく息をついた。「朝の三時だわ。やかんを火にかけて、みんなにたっぷりとお茶をいれましょう。本当に勇敢な子ねえ」彼女は愛情を込めてランランの頭をなでた。「いくつなのかしら。たったの七つ！　ルークよりも二つ下ね！　背もずいぶん高いし、とってもしっかりした子だわ」

ルークは血の巡りがよくなるように、ユーリの柔らかな耳をさすってやっていた。ランランは少年のそばに歩み寄ると、その隣に立った。そして、子犬にキスをした。

朝一番に老夫婦はフェリーで対岸に渡り、犬を獣医に診せた。獣医は、生きたまま飲み込まれかけたショックから回復するのには時間がかかるでしょう、と告げた。しかし、二、三日もするとユーリは元気を取り戻した。この話は野火のように島じゅうに広まり、住人たちは自分の目で確かめようと集まってきた。彼らは犬をなで、長い棒切れを手にとっさの機転で危機を救った中国人の女の子、ランランの肩を優しく抱いた。そして、ルーク少年をぽんぽんとたたいた。

＊

画家は甲板に腰掛けていた。彼の脇にはビニールに包まれた新しい絵が置かれていた。海を渡るのにふさわしい、穏やかに晴れた朝で、白を溶かし込んだ青い海が一面に広がっていた。

「あんた、あの女の子の父親だろ」甲板の向こうのほうにいた男がふいに声をかけてきた。「なあ」画家は島でその男を見かけたことがあった。赤褐色の口ひげをたくわえた、やせた若者——緑のオーバーオールを着た電気工。男は大きな声で話しながら、こちらにやってきた。「真夜中に必死で吠える声がするから女の子が表に出てみたら、ダイヤモンドパイソンの四メートルもあるばかでっかいのが子犬の後ろ半分をくわえてて、そんで前半分はまだキャンキャン吠えてたんだ……」彼は興奮した口ぶりで語った。画家は静かに煙草をふかし、男に視線を返した。「そしたら、その子は棒をひっつかんで、しまいにゃ犬を吐き出すまでそのいまいましい奴を打ちのめした」男は鼻を鳴らした。「そんな話、聞いたこともねえ。度胸のある子だ」

ずいぶんたくさんの島の住人がそうしたように、その馴染みのない男もランランの話を語っているのだった。彼らはわざわざ道の向こうからやってきて、画家に、あるいはその妻に直接話して聞かせた。語っているうちに細かいところを少しずつ変えながら……。それは途切れることなく続いた。

画家は、かたわらの絵を見るよう身振りで伝えた。男に見せてやりたいものがあったのだ。ビニールの包み越しでくもってはいたが、彼は、少女と棒とダイヤモンドパイソンと犬を指さしていた。それから宙に円を描き、構図を伝えようとした。家からもれる明かり、夜のブッシュ、空に丸く浮んだ月の光がいちだんと大きな輪をかたちづくり、島を表現していた。男はあごを掻いた。画家は、島での出来事を目に見える歴史に変えて、自分自身と家族を織り込みながら、ランランの物語を語りかけていた。ランランの物語はすでに島のうわさ話となり、伝説となっていた。いつまでも語り継がれる物語として。画家が持てる技術を余すところなく注ぎ込んだ、少女と棒と蛇と犬の連なるあの円環の中で、丸い根塊が息を吹き返していた。

「ダイヤモンド・ドッグ」と中国人は言った。

相手の男は、なるほどなと笑って見せた。

カンガルー　エヴァ・サリス

"Kangaroo" by Eva Sallis

（下楠昌哉＝訳）

エヴァ・サリス（Eva Sallis）

1964年、ヴィクトリア州ベンディゴに生まれる。パレスチナ生まれのドイツ人である父と、ニュージーランド人の母を持つ。作家であり批評家でもある彼女の作品の多くは、文化、追放《エグザイル》、帰属の問題を探求している。オーストラリアへのアラブ移民の女性を主人公とした処女作、『ヒアム *Hiam*』（1998）は（「ヒアム」は主人公の名前）、新人作家を対象としたオーストラリア／ヴォーゲル文学賞を受賞したのを皮切りに、数々の賞を受賞した。第二作の『アシカの街 *The City of Sealions*』（2002）は、文化と共同体にまつわる疎外とアイデンティティの問題を扱っている。『泥沼の鳥たち *The Marsh Birds*』（2005）は、イラク、シリア、インドネシア、オーストラリア、ニュージーランドを舞台とし、同年に始まったアッシャー文学賞の受賞第一作となったほか、数々の文学賞の候補となった。

アミンとゼインは、ワリッドとハイファをベリーへの旅行に誘った。リバーランドに親戚がいたのだ。かつてないほどの冒険旅行になりそうだと、みなはわくわくした。

「きっと楽しいぞ！」と口々に言い合った。「ドライヴも楽しみ！　みんな驚くだろうな。なんで今まで思いつかなかったんだろう？」

山あいの村を訪ねる旅のようなものだ。親戚じゅうが一同に会することになる。女性陣のハイファとゼインは、車中と到着後のことを考えて、慎重に服を選んだ。

彼らは田舎道にぴったりの車で、意気揚々と出発した。車はマフムト伯父さんから、白のヴァリアントを借りた。ゼインとハイファが後ろに乗った。アミンとワリッドが前だ。ハイファは帽子をかぶり、ゼインは最新のキャンディ・フロストの口紅をつけていた。地図を注意深く確認したところ、驚いたことに道は一本しかなく、だから、道には迷いっこなかった。オーストラリアの田舎の風景を眺めながら、このすてきな、整備の行き届いた新しい道路を行けばいいだけだなんて。ゼインは窓を開けて、髪を風になびかせた。リバーランドの親戚がしきりに来いと言っていたのも、無理はない。楽勝でいけるからだ。狙撃手がいるわけもなし、検問所があるわけもなし。

日が高くなって暑さが厳しくなり、風景を見るのも、それについてあれこれ言うのもうっとうしくなってきた。ハイファに促されて、ゼインは窓を閉めた。ハイファがトランプを引っ張り出して、みなに配った。アラブのトランプゲーム「タルニーブ」を、変則ルールでやることにしたのだ。カップル対カップル。アミンは道路に注意していなくてはならないので、ゼインにバックミラーを使って目で合図しながら参加した。おかげで、ゲームはさらにややこしくなった。人のほとんど住んでいないユーカリの灌木地帯に入った。灰色の木がいたるところでばらばらに生え、白い光の中でまだら模様になっているのに、ちょっと気をとられた。それから、すぐにゲームに戻った。

突然、アミンが言った。

「おい見ろよ！　うそだろ！」みなが顔を上げた。

赤カンガルーが一頭、ハイウェイの真ん中を、彼らのほうに向かって跳ねて来る。白いラインからはずれることなく、何かに憑りつかれたかのように、ひたすら跳ねてやって来る。ラインの切れ目を三つか四つずつ、力強い爪先で規則正しく蹴りつけながら、やって来る。アミンはすぐに車の速度を落とし、動物が向きを変え、ブッシュへと跳ねて消えてくれるのを待った。ところがカンガルーは見る見る大きくなって、ぎりぎりのところで進路変更し、磁石で真っ直ぐ吸い寄せられかのように、カンガルー除けのバンパー〔オーストラリアの奥地を走る車の前に、カンガルーから車を守るために装備されているガード用の枠〕に突っ込んできた。フロントガラスが、そいつの赤い姿かたちでいっぱいになった。全員が叫び声をあげてのけぞり、足を床に突っ張った。ゆっくりと、優雅とでも言えるような衝撃が伝わってきた。カンガルーが見えなくなり、車は横向きになって、道路を滑っていった。円を描くカモメのように、タルニーブをしていたカードが車内を舞った。みながじっと座ったまま、ゆっくりとひび割れてゆくフロントガラスを、映画の中のとりわけ強烈な場面のように、じっと見つめた。車が止まった。日の光が強烈に照りつけ、ユーカリの木々が風に揺れていた。鳥が一羽飛び去っていった。同時に全員が息を吐き、緊張していた身体を弛緩させた。

「ああよかった……」とハイファが口を切ったが、すぐに黙った。車が揺れだしていたのだ。まるで何かが歯で車をくわえて、ぎゅうと噛み締めているようだった。ヴァリアントは不規則に少し震え、続いて鋭く引っ張られ、傾いた。外にいる何かが、息づかい荒く叫び声をあげるのに合わせたかのように、ハイファがかん高い声で泣き出した。前方を見つめたゼインは、ウェディングドレスのように顔面蒼白となり、ショートの髪の毛は根元から逆立った。

車を大きく揺らしながら、カンガルーが突如立ち上がった。ボンネットの上に、ゆうに二メートルはあるように見えた。血走った目にこちらをあざけるような色を浮かべ、血がしたたる口を開け、鼠のような巨大で黄色い歯を見せた。ワリッドとアミンとハイファとゼインは叫び声を上げ、座席で激しくのけぞり、身体をこわばらせた。カンガルーは拳を上げると、ボンネットをバンバカ叩き始めた。ラジエーターが蹴られ、引っ掻かれているのが伝わってきた。

アミンが喘ぎながら言った。「かわいそうに。なんてこった。何とかしなきゃ！」

ハイファは金切り声を上げた。「車を壊すのを止めさせてよ！　早く早く！」

アミンは運転席のドアを肩で押し開け、外に出た。

続いて起こったことを、ちゃんと説明できる者はいないだろう。それくらい、あっという間のできごとだった。アミンは錯乱した動物に向かって歩いてゆき、まあまあとばかりに手を差し伸べた。

とはいえ、彼が何をするつもりだったのかは、誰にもわからなかった。カンガルーは彼のほうに向き直ると、相手の頭上高くふんぞりかえり、黒く大きな前足でアミンの首を後ろからとらえると、黒い爪を首筋にめりこませた。動物はアミンの身体を抱き込み、振り回してヘッドロックし、頭をのけぞらせて鼻先を太陽に向け、咆哮《ほうこう》した。そして跳ね回り出したかと思うと、抱きかかえた身体を後ろ脚で引っ掻き回した。アミンはボンネットに隠れて見えなくなった。みなが事態を呑み込めないでいるうちにゼインは外に出て、かかとが高くてとがっている黒エナメルのハイヒールを、引っ張って脱いでいた。彼女は動物に向かって駆け出すと、ヒールを頭の上に振り上げて、金切り声をあげた。彼女はヒールの片方を振り下ろし、続いてもう片方で第二撃を加えた。

ゼインとカンガルーが戦っていた。カンガルーはアミンを放り出し、ヒールと対峙《たいじ》した。ゼインはストッキングの足で軽やかにバランスを取っていたが、背の高い獣を攻撃するのに、両足をそろえて跳びあがらなくてはならなかった。というのは、彼女のタイトスカートを、膝の上までたくし上げるのは不可能だったからだ。

彼女はハイヒールの爪先をつかんで、カンガルーを死ぬまで殴りつけた。車に血が飛び散った。シャツをずたずたにされたアミンはそばに立ち、ショックで呆然としながらその様子を眺めていた。彼は運転席のドアのところによろよろと歩いてきて、へたり込んだ。

ゼインは一発ごとに叫んだ。「あたしの旦那を殺す気？　殺す気なの？　神様、勘弁してよ！」

全てが終わると、路上にちょっと吐いて、震えながら車の中に戻ってきた。

「何よあれ？」激しい息遣いで胸を波打たせながら、彼女は尋ねた。服には点々と血が飛び、ストッキングは破れ、ヒールは折れて血まみれだった。

「カンガルー、だな」アミンが呟くように言った。

沈黙が訪れた。みなが前を見ていた。猛烈な暑さの中で、車がかすかにカタカタと音をたてた。

休暇　リリー・ブレット

"The Holiday" by Lily Brett

（佐藤　渉＝訳）

リリー・ブレット（Lily Brett）

1946年、ドイツの難民キャンプに生まれる。両親はユダヤ系で、アウシュヴィッツ収容所の生き残り。1948年、両親とともにヴィクトリア州メルボルンに移住。処女詩集『アウシュヴィッツ詩集 *Auschwitz Poems*』（1986）は、ホロコーストの恐怖をミニマリスト的手法で表現し、ヴィクトリア州首相賞とニュー・サウス・ウェルズ州首相賞（詩部門）を受賞。小説『男が多すぎる *Too Many Men*』（1999）でコモンウェルス作家賞（東南アジア・南太平洋地域）を受賞した他、多数の文学賞を獲得。6冊の詩集、4冊の小説の他、ノンフィクション、短編集、エッセイ等を発表。1989年以降、ニューヨーク在住。

オリンダで過ごした休暇が終りの始まりだった。この点においては全員の意見が一致した。ベンスキー夫妻、スモール夫妻、ジャノバー夫妻、ガンツ夫妻、ベルマン氏は、三二年にわたる付き合いで、自分たちのことを「仲間」と呼んできた。復活祭《イースター》とクリスマスには欠かすことなく、そろってどこかに出かけたものだった。

当初、休暇旅行は質素なものだった。初めて顔を合わせたときには、全員がオーストラリアに移住してきたばかりの難民だった。ヘプバーン・スプリングスのソリー・ネイデルズ・ゲストハウスで彼らが出会ったのは、一九五〇年の夏のことだった。ベンスキー夫妻は、ゲストハウスまでトラックに乗ってやってきた。ベンスキー夫人と赤ん坊のローラは助手席に座り、ベンスキー氏は荷台に固定した椅子にロープで縛りつけられた状態だった。

ジョスル・ベンスキーはジャックに金を払って、ヘプバーン・スプリングスまで送ってもらった。二週間後には、再びジャックが迎えにくることになっていた。往復で五シリング払った。ベンスキー夫人は宿に着くまで泣き通しだった。いとしいジョスルが荷台から転げ落ちてしまうのではないかと思ったのだ。赤ん坊のローラも母親の泣き声を聞いて不安になって、ヘプバーン・スプリングスに到着するまでずっと泣き喚いていた。

宿に到着しても、ベンスキー氏はジャックがロープを解いてくれるのを、荷台の上で待たなければならなかった。宿泊客の一団が見物に集まってきたときには、少し辱められたような気がした。

それが、ベンスキー一家のオーストラリアにおける最初の休暇旅行だった。ゲストハウスでは仮装コンテストが催されたので、ベンスキー夫人はローラを出場させてみた。ローラがようやくよちよち歩きを始めた頃だった。ダンボール、新聞、糊、それに黒インクを一瓶使って、ベンスキー夫人は魔女の衣装をこしらえた。黒のとんがり帽子に黒マント、それに大きな作りものの鼻。小さな魔女っ子ローラは二等賞をもらった。

休暇も二週間が過ぎると、「仲間」ができあがっていた。ベンスキー夫妻、スモール夫妻、ジャノバー夫妻、ガンツ夫妻、ベルマン夫妻は夕食をすませると、連れ立って夜の散歩に出かけた。鉱泉水を壜につめるのも一緒だったし、食事をとるのも一緒だった。彼らは今や堅い友情で結ばれていた。

当時のジャノバー夫妻は、メルボルンに到着してからわずか四週間しかたっていなかった。ベンスキー夫人がジャノバー夫人の面倒を見て、パポフ夫人やブレッグ夫人に紹介してあげた。うわさ話が大好きなひとたちだからね、正しい側につくのが大事なのよ、とレニア・ベンスキーはゲニア・ジャノバーに説明した。

それから、ベンスキー夫人はゲニアを連れて、メルボルンの街に買い物に出かけた。ふたりはヴィクトリア・マーケットで黒の布地を買い求めた。その布地を使って、ベンスキー夫人は胸元が広く開いた七分袖の上着を二着と、スカートを二枚縫い上げた。

ベンスキー夫人は、自分とジャノバー夫人の衣装をすべて仕立て上げた。それでもマイヤーズ百貨店〔オーストラリアの代表的な百貨店。一八九九年創業〕で服を一着買うより安くすんだので、ベンスキー夫人はとても誇らしい気持ちになった。ゲニアは深く感謝し、それからというもの、ベンスキー夫人にたいする尊敬の念が消えることはなかった。

新しい服に身を包んだふたりはとても洗練され、エレガントで美しく見えた。ベンスキー夫人は、粋でボーイッシュな最新のショートヘアにした。彼女はゲニアに、赤みがかったゆたかな髪をうしろでまとめる方法を教えてあげた。ふたりとも肌はオリーブ色で、手足はがっちりしていた。ふたりを見ていると、つい五年前、レニア・ベンスキーはアウシュビッツに、ゲニア・ジャノバーはベルゲン‐ベルゼンに収容されていたとは、とても信じられなかった。

ソリー・ネイデルズ・ゲストハウスでは、男たちは部屋にこもり、ときには女性も加わってトランプをした。窓を閉め切った室内は華氏一〇二度〔摂氏三九度に相当〕に達し、タバコの煙が重たく澱んでいた。彼らは卓を囲み、レッド・エース、ポーカー、それにジン・ラミーに興じた。

女たちはいくつかのグループに分かれ、陽だまりや日陰に腰を下ろしておしゃべりを楽しみ、自分たちの子供やひとさまの子供について大げさに騒ぎ立てた。ジョニー坊やは日除け帽をかぶったほうがいいんじゃないの？　ハリーの母親は、子供の鼻に日焼け止めクリームも塗ってやらずに、よくもまあ外に遊びに行かせること。それにあのローラをごらん、若い娘があんなに太っちゃいけないって、ヘルシュさんは知らないのかしら。あのホロヴィッツの坊やときたら、もう手がつけられない。思春期になったらどうなるんでしょうねえ。こうした会話が、ソリー・ネイデルズに滞在している女たちのあいだで日々繰り返されるのだった。

夜になるとダンスが始まった。宿泊客は六つのカテゴリーに分類することができた。踊りのうまいひと、下手なひと、踊らないひと。それに、トランプの上手なひと、下手なひと、しないひと。ソリー・ネイデルズでは、踊りの上手な人物にいちばん高い地位が与えられた。教授か医者でもないかぎり、彼らより丁重に扱われることはありえなかった。ソリー・ネイデルズが教授や医者であふれかえることはなかったから、ここでは踊りの得意な連中がエリートだったという訳だ。

「ほら、あのボーメさん、ダンスがお上手ねえ」ゲニア・ジャノバーは、朝食の席で毎日のようにこう言った。「ダンスの世界大会みたいに、タンゴやフォックストロット〔ダンスのステップのひとつで、短歩急調の活発なステップ〕を踊るんですもの」ゲニアは台所や夕食の席ではぎこちない身のこなしだったが、ダンス・フロアでは、軽やかに舞う、きゃしゃで繊細な少女に変身した。彼女の自意識はすっかり消えてしまっていた。サイド・ステップにバック・ステップを踏み、たくみに優雅な円を描いて舞った。お尻をクルクル回し、色っぽく小首を傾げて。

夜以外は、ソリー・ネイデルズ・ゲストハウスの舞踏室は食堂として使用されていた。朝食も昼食も夕食も、その部屋で供された。食事どきの騒がしさといったら、耳がどうにかなりそうだった。一二〇名がいちどきに食べ、一斉におしゃべりをするのだから。客は食べ物を頬ばりながらおしゃべりをした。相手に負けじと大声を出し、声が届いていないと思うと、どなり声をあげた。会話のいっさいをがなり通す者もいた。同じ会話が毎日繰り返され、誰かが口にした意見は、どの宿泊客の口から発せられたとしてもおかしくなかった。おそらくブルーム夫人は、フィンク夫人と同じようなことをちょくちょく話していただろうし、フリードマン夫人の考えは、しばしばローズ夫人の考えとそっくり同じだった。

棘のあることばが、十字砲火みたいに部屋を飛び交った。「ローラちゃんは何歳？　えっ、まだしゃべらないの？　うちのジョニーはいろんなことばをしゃべるわよ。ローラはまだおむつが取れないんだって？　大変ねえ。ジョニーは何週間も前から、『おちっこ』とか『うんち』とか言うわよ」

男たちの大半は、暮らし向きをよくしようとがんばっていた。同じ会話が耳寄りな情報を運んでテーブルからテーブルへと移っていった。「ブラウンさんのところで腕のいい仕立屋を探しているらしい。レネさんの店で仕事がもらえるそうだ。給料はいまひとつだが、いつでもユダヤ人を雇ってくれる。サル氏には気をつけろ。出来高払いの仕事は絶対に引き受けちゃだめだ。どんな服にも必ずケチをつけるからな」

ソリー・ネイデルズでは、毎年夏になるとオーストリア生まれのパン職人、ミュラー老人を雇った。オーストラリアの夏にあたる十二月と一月、ミュラー氏は週七日、朝の五時から夕方の五時までパンを焼き続けた。ライ麦パン、黒パン、白パン、それに夕食には特製のハーラロール〔捩じった白パン。ユダヤ教徒が安息日やユダヤ教の祝祭日に食べる〕も焼いた。

食後の食卓には、一切れのパンも残っていなかった。グロスマン氏は食卓の余ったパンを貯めこんでいた。二週間後、氏はダンボール三箱分のパンを抱えて家路についた。他にも同じことをする客がいた。

「田舎者なのよ。あのグロスマンさんて」とリプシュッツ夫人は言った。フリーダ・ファクターが彼女のことばをさえぎった。「わかってあげなくちゃ、リプシュッツさん。本当はあんな風ではないのよ。グロスマンさんがマウトハウゼンの収容所にいたのをご存知？」「でも今はオーストラリアのメルボルンに住んで、パンがたっぷりと手に入るんですから」リプシュッツ夫人は、こう言い添えた。「ああいうふるまいが、反ユダヤ主義につながるんですわ」

リプシュッツ夫人はオーストラリアに移住して十年になるが、戦後、どっと流れ込んできたユダヤ人に対してあまりいい感情を抱いていなかった。「あのひとたちはユダヤ人でもまったく毛色が違うんですの」と彼女は、近所のオーストラリア人、カニンガム夫人に言った。「あのひとたちは田舎者なんですよ。わたくしどもは、つまりアダムとわたしですけど、教養ある家柄の出身でして、本を読んだり、劇場に出かけたり、オペラ見物をしたりしたものですよ。それもいつも一等いい席で見ましたわ。それにヨーロッパ中を見て回りました。父は流暢にフランス語を話しましたしね。わたくしども、田舎者ではありませんの。いずれおわかりになるでしょうけど、最近のユダヤ難民のせいでオーストラリア人は反ユダヤ主義者になってしまいますわ」

「まあ、リプシュッツさん」カニンガム夫人は答えた。「とってもかわいそうな方もいらっしゃいますわ。まだ若い娘さんたちなんですけど、腕にあんな番号を彫られてしまって、わたし、焼印を押された牛を思い出しました。戦前のワルシャワで歯医者をしていたっていう若い女の方にも会いましたの。それが今では清掃婦なんですって。その方の妹さんは医者をしていたのが、今ではミシン工だっていうんですから」

「おやおや！」リプシュッツ夫人は言った。「ポーランドでは医者だったたって、みんな言うんですのよ」その晩、リプシュッツ夫人は、もっとも恐れていたことが現実になったと夫に告げた。勤勉で教会にもきちんと通っているあのカニンガム夫人が、最近やってきたユダヤ系移民は家畜牛みたいだと言ったのだ。カニンガム夫人のように善良で親切なひとが、いとも簡単に反ユダヤ主義者になるくらいだから、世間一般のひとたちはどうなることやら、とリプシュッツ夫人は夫に言った。

仲間たちは、一九五八年までは毎年、クリスマス休暇をソリー・ネイデルズで過ごした。その頃には、少しはお金も貯まり、仲間のほとんどは暮らし向きもよくなりつつあった。スモール夫妻とジャノバー夫妻は、編み物工場の共同経営者になった。ベンスキー氏は女性向けのスーツ（彼自身は「コスチューム」と呼んでいた）を生産する小さな工場、ジョーレン・ファッションのオーナーになった。ガンツ夫妻は、シャンゼリゼ・ブラウスという工場で、すでに六人のミシン工を雇っていた。ベルマン氏は、ビニール袋の卸売りをしていた。ジョーゼフ・ゼルマンは仲間うちではいちばん裕福だった。すでに六棟目のアパートを建設中だった。土地を買い、アパートを建て、建物が完成する前に売りに出した。昼夜を問わず働き、わずかな利益で我慢したおかげで、競争相手を出し抜くことができた。一九五九年、彼の預金は百万ポンドに達しようとしていた。

一九五九年、仲間たちはサーファーズ・パラダイスに滞在した。一行はキャビル通りの同じブロックに、四つの部屋を借りた。ベンスキー夫人は、自家製の鶏のスープストックを冷凍して持参した。ゼルマン夫人は赤身の牛肉を六ポンド持ち込み、初日に大きなクロプセ〔ドイツ風肉団子〕を三つこしらえた。ひとつはその日の昼食用に、残りふたつは後日のためにとっておいた。ガンツ夫人は大鍋いっぱいにりんごを煮て、スポンジケーキを焼いた。こうして、一同は落ち着いた気分になった。

食事は戸外のプールサイドでとり、夜は浜辺を散歩した。ベンスキー氏にとってこの休暇の最大の楽しみは、マッツォ〔クラッカー状の種無しパン。ユダヤ教徒が過越しの祭りに食べる〕の粥だった。みんなのために、ゼルマン夫人がほぼ毎朝用意してくれたのだ。ベンスキー氏はいつも一番に朝食の席についた。彼が粥を食べている姿があまりに幸せそうだったので、ゼルマン夫人は、こんなひとのためだったらいつまでもこの料理をつくってあげてもいいかな、と思った。こんなに簡単に満足してくれる男もいるのね、とも思った。サーファーズ・パラダイスはすばらしい保養地だ、と仲間たちは判断し、その後も頻繁にそこで休暇を過ごした。

他にも記憶に残る休暇があった。ニュージーランドのロトルーアを訪れ、泥風呂を楽しみ、鉱泉につかったこともあった。ベンスキー夫人は泥風呂がすっかり気に入り、熱い泥にくるまれ、何時間も満ち足りた気持ちで座っていた。夫のジョスルを泥風呂に入れるには、命令しなければ駄目だった。彼は泥風呂が大嫌いだったのだ。ジョスルは二日目に足首を捻挫したおかげで、ニュージーランドの休暇を一番好きなことだけをして過ごすことになった。モーテルの部屋のベッドでごろごろし、探偵小説に読みふけった。彼は一日に本一冊を読み、チョコレート一箱を平らげた。

ガンツ夫人とゼルマン氏は一緒に鉱泉へ出かけた。ベンスキー夫人は心配になった。ふたりの親密さが度を越えているのではないかという気がしたのだ。他には誰も気にしている様子はなかったのだが。

ニュージーランドで、仲間たちは免税ショップなるものを発見した。家に帰ってきたときには、どの家族も新しいカメラを提げていた。

一九八二年、仲間たちはイスラエルに旅行した。何ヵ月もかけて準備した旅だった。ベンスキー氏が旅の行程を取り仕切った。イスラエルに向かう途中、一行はラスベガスに立ち寄った。ベンスキー氏は、男性陣のなかでもとりわけトランプ好きで、賭け事に目がなかった。ゼルマン氏とジャノバー氏が思うに、ラスベガスはメルボルンからテルアビブへ向かう道筋から外れているような気がしたが、ふたりはその考えを胸にしまっておいた。

ラスベガスのジョスル・ベンスキーは、熱にうかされたような幸福感に包まれていた。ブラックジャックで負け、ルーレットで負けた。シュマンドフェールで負け、五枚札のスタッドポーカーで負けた。ホールではスロットマシンで遊び、トイレではミニ・スロットマシンで遊んだ。二日間でジョスルは七百ドルすった。メルボルンに帰ると、彼は会うひと毎にこう語ってきかせた。「今回の旅で一番よかったのはラスベガスさ」

「ここはユダヤ人が多すぎるな」イスラエルに着くとアイザック・ジャノバーは言った。「こんなにたくさんのユダヤ人に囲まれていると、あんまりいい気分がしないもんだね」他の面々は、アイザックのせりふは少し変だなと感じたが、それぞれ自分なりに彼の言わんとするところを理解した。

レニア・ベンスキーは、三週間のイスラエル滞在中にインフルエンザにかかり、ほとんどの時間をホテルの部屋で過ごした。ゲニア・ジャノバーは映画や舞台、それにコンサートにも出かけようとしなかった。「あなたさえかまわなければ」と彼女は言った。「わたし、ホテルに残っているほうがいいの。人ごみの中にいると落ち着かないから」仲間たちはゲニアの気持ちを暗黙のうちに汲み取ってくれた。しかし彼女は、夫には次のように説明した。「アイザック、あんなにたくさんのユダヤ人の中に出かけていくなんて、わたしにはとても耐えられない。すごく不安なのよ。誰かがわたしたちめがけて銃を乱射し始めたらどうしようとか、あまりにもいろんなことを思い出してしまって」

ジョージ・スモールは、イスラエルでは何も口にすることができなかった。「故郷のポーランドで食べていたのとは違うね。これはアラブ人の食い物で、ユダヤ人の食べる物じゃない」と彼は言った。

エルサレムのユダヤ教正統派の居住区、ミア＝シャーリムで、ジョスル・ベンスキーはうめき声を上げた。「ここの正統派の奴らは、自分たちを何様だと思っているんだろう。何をやっているんだか。なんだってそんなに人目をひく必要があるっていうんだ？　タルムード〔ユダヤの律法とその解説〕のどこに、あんなに長い黒外套を着て、短い黒ズボンをはいて、黒の帽子をかぶるべしって書いてあるっていうんだ。おれたちが暮らしているのは現代なんだぜ。大昔とは違うんだよ、くそったれ。みんなが迷惑するじゃないか。ユダヤ人はいやっていうほどつらい目に会ってきたのに」こう語り終える頃には、ジョスルは涙を浮かべんばかりだった。

その夜、仲間たちはレストランで食事をした。正統派の若者たちが隣のテーブルについた。ジョスルはその連中に目をやると、大声で言った。「けっ、反吐が出そうだ」

カイム・ベルマン氏はイスラエルが気に入った。でもカイムは物静かな男だった。彼はいつも多数派の意見に賛成した。ユダヤ人の父祖の地を訪ねて感じた高揚感も、表に出さなかった。この地に暮す人びとの、力にあふれ、誠実でいつわりのないところが好きだった。彼らが大義に捧げる献身と忠誠に、好感を抱いた。理想のために生きる者の特権なのだなと感じた。イスラエルでは、皆ひとつの理想のために生きている。セントラル・ヒーティングとか新品のテレビよりも価値のあるものを持っているのだとカイムは思った。

ポーラ・ガンツは、イスラエルでカイム・ベルマンに新しい奥さんを見つけてやりたいと思っていたが、二、三日もすると、メルボルンのユダヤ人女性のほうがふさわしいのではないかという気になった。「ここのイスラエル人たちには気をつけなきゃ」と彼女はエイダ・スモールに言った。「オーストラリアに立派な家があって、仕事も順調だっていう理由で、カイムさんと結婚しようとするひとなんか、お断りでしょ」エイダも、慎重にならなければいけないと思った。カイムの妻だったミリアムは十三年前、夫を捨てて、シドニーから来たハンガリー系ユダヤ人と一緒になったのだ。それ以来、誰もミリアムとは口をきかなくなっていた。カイムは最初の五、六年は落ち込んでいたが、そろそろ立ち直りつつあった。そこでポーラ・ガンツとエイダ・スモールは、近々いい奥さんを見つけてあげることができるのではないかと大いに期待していたのだ。

一行はネゲブ地方の集団農場《キブツ》を訪ねた。みんなその農場が気に入った。キッチンの広さや洗濯場の設備にすっかり感嘆してしまった。「こんな立派なコンロ、見たことあるかい?」とジョーゼフ・ゼルマンは言った。何棟もアパートを手がけてきたので、台所については詳しかったのだ。

「オーストラリアは天国だね」イスラエルでの最後の夜、ジョスル・ベンスキーは言った。彼はグラスを掲げ、オーストラリアに乾杯した。全員が声を合わせた。「オーストラリアに乾杯」

イスラエルで、レニア・ベンスキーは、ポーラ・ガンツとジョーゼフ・ゼルマンの仲にますます苛立ちを募らせていった。ふたりのあいだに何かあるのかしら？　ふたりが愛情と親密さをこめて見つめあうのを、何度か目にしたような気がした。

オーストラリアに戻る頃には、レニアはふたりが親密な関係にあるのを確信していた。ふたりを観察しているとからだが火照ってきた。

「かわいそうなミーナ・ゼルマン」レニアはジョスルに言った。「十分苦しんだでしょうに。ベルゲン－ベルゼン収容所の体験だけで十分なはずなのに。今になって、亭主がロミオみたいに恋に溺れてしまうなんて。それにみじめなモイシュ・ガンツ。そりゃあ、あのジョーゼフ・ゼルマンほど知的じゃないかもしれないけど、ポーラにはいつだって最高の亭主だったわ。ポーラのまずいところは、いいものを手にしながら、それに気づいてないってところね。いつだって新しいものを追っかけているんだから。いつも私に言うの、『ねえ、レニア、新しい美容師さんを見つけたの。ねえ、レニア、新しい仕立屋を見つけたわ。ねえ、レニア、こっちのマニュキュア師のほうが腕もいいし安いわよ』今度は、ジョーゼフ・ゼルマンのズボンの中身が、うちにあるものよりすごいって信じてるのよ」

戦争の後、奇妙で性急な縁組が次々と行われたことをレニアは知っていた。女は身を守るために結婚した。男は子を持つ女たちと結婚した。見知らぬもの同士が結ばれた。人びとは慰めに飢え、仲間に飢え、愛情に飢えていた。風変わりな縁組が成立した。愛の訪れを待つゆとりが常にあるわけではなかった。

若い娘たちは、ずっと年上の男たちと結婚した。生徒は先生と結婚した。隣近所やいとこ同士で結婚した。誰もが先を争うように、平常の営みを取り戻そうとしていた。

そうしたカップルの結婚式には、死んだ妻、死んだ夫、あるいは死んだ子供たちがしばしば列席した。時には死者同士が結婚することもあった。

レニアは、ポーラとジョーゼフをなんとかしなければと考え、私立探偵を雇った。二週間後、探偵はレニアに一枚の写真を渡した。ポーラ・ガンツの家の前に車が停まっていて、ジョーゼフ・ゼルマンが座っている。レニアは大いに満足した。

イースター休暇に、仲間たちはオリンダに出かけた。レニアはスーツケースの底に、例の写真を用心深くしまっておいた。ジョスルには探偵の件は黙っていた。

オリンダ滞在は、いつものようにすばらしいイースター休暇になるかに思われた。仲間たちは、保養地でのお決まりの過ごし方に落ち着いた。うまい朝食をたっぷりとり、散歩に出かけ、腰を下ろして秋の陽射しを浴びる。おいしい昼食をとり、食後は午睡。ふたたび短い散歩に出かけて戻ってくると、もう夕食の時間である。食後にはトランプ。三日過ぎると、田舎の空気を吸ってみんなすっかり元気になり、活き活きした気分になった。

その夜、レニアはエイダ・スモールにあの写真を見せた。エイダはあまりコメントをしなかった。彼女は、「ジョーゼフが車に乗っている写真を、何であなたが持っているの?」と尋ねた。レニアは写真が撮影された場所を教え、それが何を意味するのか説明した。

エイダ・スモールは、すぐさまポーラ・ガンツ本人に問いただした。するとポーラは笑って、その写真を夫のモイシュに見せた。モイシュは注意深く写真を眺めた。無言だった。彼は後でジョスルにこう言った。「それでどうした？　あの写真が何を証明するっていうのさ？　何の証拠にもならないよ」ジョスルは賛成しないわけにはいかなかった。

その写真のことを、ジョーゼフの妻のミーナに告げるものはいなかった。「今でも彼女、たっぷり問題を抱えているんだから」とエイダ・スモールは言った。「あれだけ背が高いんだもの。あの身長で新しいだんなを見つけるのは、まず無理でしょうね」

ポーラはレニア・ベンスキーと口をきかなくなった。レニアは、あなた自身のためにやったのよ、と説明しようとしたのだが、ポーラは彼女に近づこうとさえしなかった。「今度のことで、あのひとがあんなに愚かな態度をとるんだったら」とレニアはジョスルに告げた。「地獄に落ちればいいのよ。ポーラ・ガンツとは縁を切るわ」

険悪きわまりない雰囲気になってきたので、仲間たちはオリンダの休暇旅行を一日早く切り上げた。

エイダ・スモールがマニキュア師に語ったところによれば、この件がいっそう衝撃的だったのは、レニア・ベンスキーとポーラ・ガンツがほとんどマハトゥヌムの間柄だったことである。英語にはマハトゥヌムにあたることばはないわね、とエイダは言った。マハトゥヌムというのは姻戚関係を表すことばで、ふたりはお互いの子供にとって義理の母同然だった。レニアの娘のリーナは、ポーラの息子であるサムともう一歩で結婚するところだったのだ。

仲間たちのあいだでは、子供たちには話さないでおこうという暗黙の了解ができていた。子供たちは守ってやらねばならなかった。

リーナの勤めている法律事務所で、ある同僚がこんなうわさを耳にしたと彼女に語った。レニアとポーラが仲たがいしたのは、ポーラがジョーゼフ・ゼルマンと浮気しているのをレニアが非難したかららしい。リーナからその話を聞かされたサム・ガンツは笑い飛ばした。「うちのおふくろが浮気してるって？　まさか。おふくろはフランネルのナイトガウンを着て、顔にクリーム塗って、おまけにのどにも手足にもクリーム塗ってベッドに入るんだぜ。ガキの頃、おふくろがベッドに飛び込むのを見ていて、そのままツルンと滑り出てしまわないのが不思議だったくらいだよ。レニアとポーラが口をきかないのには、きっと他にわけがあるのさ」

ゼルマン夫人も、レニアとポーラがなぜことばを交わさないのか不思議に思っていた。ひょっとするとポーラが、レニアの夫ジョスルと、何かしてはいけないことをやらかしてしまったのだろうか。あのポーラなら、ひとさまの亭主にちょっかいをだしかねない。

ジョーゼフとポーラも互いに口をきかなくなってしまった。「彼、ひどい愛人だったわ」とポーラは妹に言った。「ベッドの中でも靴下をはいているのよ」

仲間はばらばらになってしまった。スモール、ジャノバー、ベルマンの三氏は、なんとかほころびを繕おうと、ゼルマン氏とガンツ氏に会いにいった。彼らの意見は一致し、許し合い、忘れることが大事であり、またやり直そうということになった。ところが、女たちはまったく譲ろうとしなかった。

モイシュ・ガンツは妻を信じ、妻に不利な話には何一つ耳を貸そうとしなかった。ジョスルは、レニアは干渉すべきではなかったと認めながらも、妻が悪意からやったわけではないことを知っていた。

誰もが誰かの肩を持った。スモール夫妻はガンツ夫妻の味方についたし、ジャノバー夫妻はあいかわらずベンスキー夫妻に忠実だった。カイム・ベルマンは以前同様、だれとでも仲良く付き合った。

三二年間、仲間たちは土曜の夜の映画を欠かしたことがなかった。ところが、彼らは映画を見にいくのをやめてしまった。トランプもしなくなった。夕食を食べにいくこともなくなった。彼らはあまり外出しなくなった。

スモール夫妻とベルマン氏はコールフィールドを散歩したが、どこかうわの空だった。ゼルマン夫妻はブリッジを覚えようしたが、ハーズル・クラブの客がそろって上級者だったので、あきらめてしまった。アイザック・ジャノバーはゴルフを始めたが、一週間で放り出してしまった。

結婚式、バルミツヴァの儀式〔ユダヤ教で十三歳に達した少年を祝う成人の儀式〕、婚約、記念日、そして誕生パーティーの席では、ベンスキー夫妻とガンツ夫妻が別々のテーブルにつくよう配慮がなされた。

ゲニア・ジャノバーは、レニア、ポーラと別々に話をし、仲直りをするよう懇願した。ふたりに「あのことは水に流してやり直せない?」と言ってみた。この手はゲニアの娘たち、すなわちレイチェルとエスターには効果がなかったが、レニアとポーラにもやはり効果がなかった。

ゲニアはもう一度言ってみた。「友だちに戻れないのだったら、せめて敵でいるのはよしてちょうだい。昔みたいにみんなで出かけましょうよ。そうしたら、状況は少しずつよくなっていくかも。

それで私たち、また仲間に戻れるわ。他のひとたちも、私たちのうわさをしなくなると思う。大事なのはどう見えるかで、中身の良し悪しじゃないのよ」ゲニアの母は、この古い諺をよく持ち出したものだった。イディッシュ語で話すと音楽的な軽やかさがあるのだが、英語に翻訳するとそのリズムが失われてしまった。ゲニア・ジャノバーのことばはどれひとつとして、レニアとポーラの心を動かさなかった。

　これが成功の代償か、とゲニアは思った。私立探偵を雇うほどの余裕ができると、こんなことが起きてしまうのだ。メルボルンで暮らし始めたあの頃、人生はあんなに明快だったのに。

　彼らがオーストラリアにやってきた当時は、一部屋を二家族で共有することもあった。仲間の中で一番ゆとりのあったスモール夫妻でさえ、工場の奥の部屋で暮らしていた。

　週末には、子供たち全員が一緒になって遊んだものだった。ところが今、ゲニアが未婚の娘レイチェルに、ジャック・ゼルマンは独身だと思い出させてやると、娘はこう答えるのだった。「わたし、ジャック・ゼルマンは嫌い」幼い頃のレイチェルとジャックは、あんなに仲良く遊んでいたのに。ゲニアはオーストラリアで、レイチェルとエスターにいとこをつくってあげたつもりだった。新しい家族。仲間とその子どもたちは、お互いのことを家族の一員だと認め合うようになると信じていた。いとこ、おばさん、おじさん、甥、姪という具合に。結局、リーナとサムを除けば、子供たちはみんな、友だちではなくなってしまった。今では「仲間」そのものが、もはや友人ではない。

　結局、今のわたしたちって、戦後のドイツにいた頃とちっとも変わらない、とゲニアは思った。家族がない。親しい友人もいない。確かに子供はいるが、それはまた別の話だ。その子供たちですら、いろいろやっかいを持ち込んできたではないか。

もうすぐわたしたち、みんな死んでいくんだ、とゲニアは思った。ひとりぼっちで死んでしまうのだ。かつては孤独に死なずにすむという思いで、何よりも心が慰められたものだった。ユダヤ人ゲットーの、路上で死んでいったあの何百、何千ものユダヤ人たちとは違うのだ、と。

つまりこれが結末か、とゲニア・ジャノバーは思った。これが新天地、黄金のメディナで迎える結末なのだ。

キョーグル線　デイヴィッド・マルーフ

"Kyogle Line" by David Malouf

（湊　圭史＝訳）

デイヴィッド・マルーフ（David Malouf）

1934年、クイーンズランド州ブリスベン生まれ。父方の家族はキリスト教徒のレバノン人で、1880年代にオーストラリアに移住。母方はポルトガルに祖先をもつユダヤ系イギリス人で、第一世界大戦直前にロンドンから移住してきた。クイーンズランド大学で学び、卒業後に同大学にて2年間、教鞭を執る。24歳でオーストラリアを離れイギリスに滞在、ロンドンとバーケンヘッドで教職に就く。1968年に帰国後、77年までシドニー大学で英文学講師。現在は専業作家として、オーストラリアとイタリア南トスカナで暮らす。『想像上の人生 *An Imaginary Life*』(1978)で1979年度ニューサウスウェールズ州首相賞、『バビロンを思い出す *Remembering Babylon*』(1993)では1993年度の同賞を受賞するなど、文学賞を多数獲得。『バビロンを思い出す』では1994年度のブッカー賞の最終候補にも残るなど、オーストラリアを代表する作家として国際的に高い評価を受けている。他、詩集も6冊出版、オペラの台本を執筆するなど多面的な創作を行っている。

あれは一九四四年、まだ列車旅行がロマンチックだったころ、一時間おきに発着する飛行機便が、ブリスベン-シドニー間を、ゆるやかに泡だつ海原を見晴らしつつの空調つき五十五分に縮めてしまう前のことだ。その年の七月、両親と姉と一家そろって、僕にとって人生初と思われた長旅に出かけたのだった。家からほんの百ヤード〔約九〇メートル〕のところにあるキョーグル駅からひたすら南へとつづく路線で、州境を越えていくのだ。レール幅は四フィート八インチ〔約一・四メートル〕で、乗った瞬間から地元の路線とはまったく違っていた。われらがクイーンズランドの路線はレール幅三フィート六インチ〔約一・〇五メートル〕で、河向かいのローマ通り駅から始まっていたのだった。

レール幅やら路線やらについては、学校に通ううちに詳しく知るようになっていた。オーストラリアのややこしい鉄道システム、その原因である各州による度の過ぎた支配権争いについては授業で習ったし、いずれにせよ、地元民ならみな知っていて当たり前のことだった。他にも理由があった。家の前をタウンズヴィルへ、またさらに北へと向かう軍隊を乗せた輸送トラックが、街を突っ切ってふたつの駅を行ったり来たりするのを、もの心ついたころからずっと見ていたからだ。僕たちが住んでいたのは、ふたつの路線のあいだに挟まれたどっちつかずの場所だった。何千という連合軍兵士にとっては、安全かつコスモポリタンなシドニーと、ローマ通り駅から始まる戦争への道とのあいだの中立地帯だった。

シドニーのキング通りとエリザベス通りの角にあるバルフォア・ホテルが、僕たち一家の旅の目的地だった。二週間滞在することになっていた。オーナーが父の旧友で、そうでなければ、空き部屋が少ない戦時下に僕たちが宿泊できることなんて、百にひとつもなかっただろう。列車の座席を予約するのも困難なご時勢だった。軍の移送のために路線が使われていたからだ。十六時間ぶっつづけで、ひょっとするともっと長く座ったままでいなければならない。僕にしてみると、これが嬉しかった。一晩じゅう起きていても叱られないということだったから。夜半を過ぎて起きていることも、またひとつの越えてみるべき境だったのだ。

「一等客室」に乗るひとを見送ったことは何度もあった。昔ふうの仕切り客室《コンパートメント》の葉飾りをほどこした鉄の荷物棚、ぴかぴかに磨かれた木造部、ナンブカ岬だとかワルンバングルズの奇岩だとかの出来がまちまちの白黒写真、座席を重々しく覆っていたり窓にまとめて掛けてあったりするブロケードなどなどが、僕は大好きだった。僕らが乗り込んでいくともう列車は通路までぎゅうぎゅう詰めになっていて、座席にずっと座れないことを覚悟した人たちが、場所とりを始めていた。冬の制服を着こんでカーキ色の背嚢を抱えた休暇中の兵士たち、腕輪をはめ髪をアップにしチューインガムを噛んでいる女の子ふたり、発車前から鼻水を垂らしたりお漏らししたりの子供を連れた女たち、フェルト帽にダブルのスーツを着たお堅い風情の男たち。午後は乾燥して風が強くて、でも客室の中は暑かった。暦のうえではまだ冬だったので、陽が落ちれば冷え込んでくるはずだった。

母は道中、編みものをしながら時間をつぶすつもりでいた。ちょうど部屋着用ガウンに掛かりっきりで、いつも同じ模様の、同じ暗紅色の九つの襞つきのガウンを、知り合いという知り合いみんなに編んであげていた。配給制度の時代だったけれど、ウールを手に入れるのにクーポンは必要なかった。僕は学校で編みものを習っていたので、母に頼んではベルトを作らせてもらったりした。すでに九本か十本くらいは作っていただろう。でもこのときは州境の景色を見逃したくなかったので、何もせず待っていることにした。

僕はこの目で、世界が自分の期待にかなうほど変化に富むものかどうか、すでに知っている物ごとのはじっこまでたどり着くと違いがあらわれて、まさにその地点を見さだめることができるのかどうかを、確かめたくてしょうがなかったのだ。

景色は確実に、そして幾度も変わっていったのだけれど、期待していたほどに突然に、くっきりと、というわけではなかった。僕には読みとれないような地質形態の変化だとか、ユーカリや松の種類の微妙な違いに過ぎなかった。変化を確認するという点からすると旅は失敗だったわけだが、そう認める気にはならなかった。旅の興奮はつづいていたし、自分からあふれ出る期待がしぜんと目にうつる光景を鮮やかにしてくれた。それに、暗くなるころに州境を越えるこの旅が、州ごとの違いを知るための実験として適切でないことは明らかだった。はっきりと感じられるほどに寒くはなったものの、新しい気候帯に入ったからなのか、それともただの昼から夜への気温変化に過ぎなかったのか、分かりかねた。列車は揺れながら突っ走って、急にがたんと止まり、周りに木立だけしかない場所にながながと停車した。それからごとり、がしゃんと鳴って、また出発するのだった。暗闇の遠くに明かりが見え、ぽつんと孤立した農家や集落があり、こうして通り過ぎる空間にも人が住むところがあるのだと知ることができた。僕らの身体は煤けむりをかぶって、べとべとと汚れていた。

照明が消され、周りの人たちが毛布をかぶって身をまるめた後も、母はまだ編みものをつづけていた。僕もぱっちりと目が覚めていた。僕の性分として、起こるかもしれない何か、現れるかもしれない何かを見逃してしまうのではないかと心配でならなかったのだ。この何かは僕にとって、見逃すことのないよう定められているものであるはずだ。見逃してしまったら、人生のひとつの区画がまるごと、永久に閉ざされてしまうことになる。

だから、真夜中を過ぎても起きたままでいた。ほどなく列車がコフスハーバーに到着し、一時停車した。乗客のための休憩時間で、みなが駅に降りてすこしのあいだ歩き回ったり、軽食堂で紅茶を飲んだりするためだった。

「いいでしょう、僕らも?」と僕はおねだりしてみた。「あったかい紅茶を一杯、ママも飲みたいでしょう? 買ってきてあげるよ」

母はどうしたものかしら、という顔をした。

「まあ、いいんじゃないか」と父、「ちょっと身体をのばしにいくのも」

「トイレにも行きたいし」と僕は、駄目押しにつけ加えた。立ちつくしている人たちのあいだをかき分け、寝ている人たちをまたぎながら、客車の前後どちらかにあるトイレにたどり着くのはかなり骨折りだった。少し前に行ったときには、カップルの上をまたがないといけなくて、兵士である男のほうは毛布の下でごそごそと何やらやらかしていた。父は慎みぶかいひとだったので、ひどくショックを受けていた。

「じゃあ行こうか」僕らはホームへと降りたった。

大分水嶺の急斜面へとつづいている暗い低木林からさわやかな香りが、澄みわたった寒い夜の星々の下を漂ってきた。地元にいるのとはまったく違う雰囲気で、以前に感じたことがないほどすがすがしい気分になった。ガウンを着こみ、魔法瓶を手に、プラットホームを忙しげに行き来する人たちがいた。列車はしゅーとか、からんからんとか音を立てていた。ずいぶんと騒々しかったが、大気が薄いせいか、騒音は星空へと真っすぐに、まったく空気抵抗が働かないみたいに昇っていった。大気を吸い込むと、肺がしんとするのだった。

タバコの煙だらけの待合室には、防寒上着を着こんだ兵士たちが、ベンチやら床の上やらにごろんと寝ころんでいて、壁には束にしたライフルが立てかけられていた。カウンターに人だかりのできている軽食堂を通りぬけた。男性トイレまではけっこう遠くて、プラットホームを端から端まで歩かねばならなかった。僕は夜中過ぎに出歩いたことがなかったから、もっと普段とは違う感じなのだろうと予想していた。たしかに違ったけれど、それほどでもなかった。むしろ、いつもと一番違うのは、父と一緒にぶらぶらと歩いているということだった。

父と僕はどこか、お互いを避けているところがあった。父は一日じゅう働きづめだったたし、僕はといえばたいていの子供たち同様、母親の世界のはじっこに半分締め出され、半分つつみ込まれたような感じで過ごしていた。父の世界は僕にとって、まるで別世界だった。姉や僕の起きる前の朝六時に自分の世界へと消えていき、晩ごはんの時間に帰ってきたと思ったら、すぐ僕たちは寝床へと押し込まれるのだった。土曜日に、父の仕事ぶりを見に地下へと降りていくと、よく男のひとがタバコを挿すような感じで、耳の後ろにちびた、書くと消えない鉛筆を挟んでいる姿が見えた。父が設計図の寸法、さまざまな道具、木材の繋ぎ目との間に交わすふかい対話がもつ沈黙、ひとを自らの創造力へと立ち戻らせるような沈黙の世界をのぞき込んだような気がした。

父はあまり喋るほうではなかった。こちらから求めでもしないかぎり何かを教えてくれるということはまずなかった。まるで、自分には学校教育が欠けているからと、子供に間違ったことを教えるのを怖れているように見えた。母がしてくれたように、家族や子供のころのことを語ってくれることもなかった。祖父母たちはすぐに会えるところに住んでいたので、実際に風変わりな人たちであったとしても、面白おかしい作り話に変えてしまうわけにはいかなかった。十二歳にして、父はすでに働きに出ていた。青春時代について語ることがなかったのは、それはたぶんもともと青春と呼べる時代をもたなかったからだし、あるいは経験した喜びや悲しみが、僕たち子供の理解を越えるようなものだったからなのだ。母がつねづね思い起こしていた彼女の故郷ニュークロスのように、記憶にとどめておくような立派な家があったわけでもなく、お気に入りのメイドがいたわけでもなかった。両親が三角えりと真珠の髪飾り、胸に厚紙みたいに固く糊をきかせたシャツといったダンスパーティー用のおしゃれ着で子供部屋にさっと入ってきて、おやすみのキスをしてくれた記憶もなかった。彼の家族はまったくもって平凡な人たちだった。たしかにオーストラリア的とは言えず、にんにくとオリーブ油を食すせいで変わった臭いがして、英語ではない言葉を話していた。でもこうした事実よりも、そこに彼らがずっと存在しつづけていて、あるがままに受け入れるよりほかないことのほうが重要だった。父自身は他の誰よりもオーストラリア人だった——名前以外は。そう自分を作り上げてきたのだ。ラグビーの州代表チームのメンバーだったこともあるし、ボクシングをやっていた時にはもっともタフなウェルター級選手のひとりに数えられていた。スポーツマンシップと技術の高さで、同じ世代の人たちみなから広く尊敬をあつめていた。

　だが、父にとってはこんな表面上のあれこれは、たまたまそうなったに過ぎないことのようだった。厳格な禁酒・禁煙主義者で、もの腰はしずか、堅苦しいほどに謙虚さを守って、内に秘めた経験を決して外に出そうとはしなかった。興味をもったことは自学自習したが、いったん学んだことを実践するやり方は、まったく彼独自のものだった。独力でつくり上げたルールを守っていた。公教育を受けられなかったことをずっと気に病んでいたが、心ふかくの傷となった恥辱を、慎重さや冷静さで覆い隠していた。今では僕にも理解できることだ。父は精巧な玩具——箱型の凧や三フィート〔約〇・九メートル〕もあるヨット——をこしらえてくれた。裏庭には、りっぱなブランコも作ってくれた。それが僕のためにできる一番のことだったからだ。僕のむちゃな言動、とっぴな空想癖を母は喜んであおったものだが、父はむしろ怖れをなしていたようだった。自分と同じように、もっと型にはまったタイプに育って欲しかったのだろう。読書好きになったことで、僕は父をいっそう遠ざけてしまった。

　だから、この時のように僕らがいっしょに歩くというのは、ニューサウスウェールズで夜中に、という理由からだけでなく、他のあらゆる面においても普段ではありえないことだった。

　僕らは黙ったまま歩いていた。少なくとも僕は、父といっしょにいて、ふたりがひとつになっているという思いを強く感じていた。僕は父が好きだったのだ。僕にどんどん話しかけて、色んなことを教えて欲しいと願っていた。父のことを僕は理解できなかった。困惑させられてばかりいた。僕たち子供が〝オーストラリア人〟みたいに話したりふる舞ったりすると叱りつける母が、より控えめにではあったにせよ同じことを父がする場合はむしろ喜ぶことに、困惑させられていたように。母は父の場合にのみ、特別ルールを適用することにしていたのだ。

トイレから帰ってくる途中で、人だかりができている場所を通りかかった。他のところではひとの流れがとても忙しかったのに、ある貨物車の周りだけ、みなが一団になって立ちどまっていた。

「何なの？」僕は興味しんしんだった。

「何ごとですか？」近づくと、父がひとりに尋ねた。僕たちからは何にも見えなかった。

「日本野郎《ニップス》だよ」と男は教えてくれた。「くそ日本野郎《ブラディ・ニップス》さ。日本人捕虜を三人ほうり込んであるのさ」

父は僕を急かせてすぐ立ち去ろうとするだろう、と僕は思った。もし父がそうしたなら迷子になるだろうな、とも思った。僕はどうしても捕虜たちを見てみたかったのだ。

でも父はそこで足を止めた。僕たちふたりは人混みをかき分け、中へと進んでいった。前のひとが貨車から離れていくにつれて僕たちは正面に流されていき、開け放された扉から貨車の中をのぞき込める位置にまで来た。

檻としてはあまりに大きかったけれど、それでもやはり檻だった。南ブリスベン駅わきの小さな公園や、グレイ通りの橋の下の荒れ地にたまにやってきてはキャンプする、サーカスのワゴンのことを、僕は連想した。

藁もなかったし、動物の臭いもなかった。三人の日本人が、鎖につながれていたわけではなかったもののひと塊りになって、固く身を寄せ合うようにしていた。うす暗がりなので、はっきりとは見えなかった。しかしのぞき込んで彼らを眺めていると、僕たちの心、僕たち自身の経験から、別の種の動物をのぞき込んでいる気がしてきた。そこで見たものには、人びとを静かにさせる何かがあった。その場から離れて呪縛が解けてはじめて、お決まりの文句――「くそ日本野郎《ブラディ・ニップス》」とか「犬畜生《バスターズ》」とか――をようやく口にできるようになるのだった。見物人たちが感じたのは、ふかく口を開けている暗闇だった。だがうまく言い表す言葉が見つからないので、決まり文句で間に合わせるしかなかったのだ。それは、人びとのあいだに厳然と在る、隔たりそれ自体だった。現実の、オーストラリアの夜の静けさの中、同じ空気を吸っているのだという事実とは何の関わりももたない、暗い隔たり。この隔たりを体験することは、周囲から切り離されてあると感じることだ。群集のうちのひとりであるというみなが抱いている感覚から一歩踏み出してしまえば、もう誰しもが独りっきりなのだ、と。

父も同じものを感じとったのだろう、そこから立ち去りながら、すっかり黙りこくっていた。僕たちが一体であった瞬間は終わってしまっていた。父が心をひかれたのはなぜだったのだろう？三年前のあの夜、彼の父親を敵国民として連邦警察が連行したあの夜のことを思い出していたのだろうか？

祖父は一八八〇年代に、レバノンからブリスベンへと渡ってきた。といっても、まだその当時にはオーストラリアは連邦国家ではなく、競合するばらばらの州の寄り合い所帯に過ぎなかったし、レバノンはと言えば少数の民族主義者の心の中にしか存在しなかった。レバノンは大シリアの一部でしかなく、さらには大シリアも巨大ではあるもののすでに傾きかかったトルコ帝国の一地方に過ぎなかった。虐殺の十年の余燼の中、祖父は故郷から逃げ出してきたのだ。他のキリスト教徒のレバノン人たちと同じく、泣く泣く故国に背を向けて、新世界で一から生活をやり直すことにしたのだ。

オーストラリアを選んだことにさしたる理由はなかった。祖父がここを選んだ理由は知りようがないことだ。ボストンだとかブラジルのサンパウロに行く可能性だって同じぐらいあった。だがいったんなされてしまった選択は逃れがたいものとなった。祖父と僕ら一族みなは、いまやオーストラリア人なのだ。そのように決まってしまったのだ。オーストラリア連邦成立以降は、根拠のまったくない移民担当部局による判断で仕分けられた結果、大シリアは（エジプトやトルコ本国に対して）白人国家と見なされた。むろんキリスト教徒だけだったが。公的機関が境界や区分について下した決定が複雑に絡んでそうなったことだから、僕らが疑いを差し挟んでみてもはじまらなかっただろう。こうして父のオーストラリア市民権は、例えばスコットランド人がみなスコットランド人であるように、さしたる根拠なしに、つまりは公的にということだが、保証されることになったのである。後のことは父が自分でどうにかすべき事柄だった。多くの場合、自らのこぶしをふるって。ところが祖父は帰化しそこなったために、在留外国人のままだった。最初はシリア人、のちにはレバノン人になった。そしてレバノンがフランスの属国だったので、国家が自由フランスではなくヴィシー政権支持を宣言すると、祖父は敵性国人となってしまった。

祖父はもう八十歳を越えていて、そんな状況と関わるには歳をとりすぎていたし、移住後かなり時が経ったあとで、地球の裏側の政治的決定がこちら側で暮らす自分の立場を変えてしまうことを理解できなかった。祖父は叔母たちが荷造りしたカバンを提げて、ただ家を出て行った。僕の父のほうだったろう、いつもの静かな調子で――どう言えばよいのだろう?――困惑や怒り、失望を感じたのは。

当局つまり寛容なる地方議員たちもすぐにその馬鹿馬鹿しさに気づいて、「個人に関する理由」によって祖父は釈放となった。祖父を家に連れ戻ったとき、どうやって釈放してもらったか、いったいどんなことが起きたのか、何よりもまず彼自身がどう感じたのかも、父は決して話そうとはしなかった。祖父の収容劇が父にとって何かを、例えば彼にとっての歴史がもつ色合いを変えてしまったのだとしても、それをおもてに出そうとはしなかった。自分の中に隠し、心に埋めてしまう事柄がまたひとつ増えたに過ぎなかったのだ。あの言語がそうだったように。父はアラビア語とオーストラリア語を等分に話して育ったことに僕が気付いたのは、ずっと後になってからだ。祖父母はアラビア語以外をほとんど話さなかったのだから。でも僕が知るかぎり、父はたった一語さえアラビア語を発したことはなかったし、理解できることを示すそぶりを見せたことさえなかった。父にとってアラビア語はおもてには決して出せないものとして、経験や出来事の考えかたや感じかた、つまりは自分というもののありかたの隠された層でありつづけた。僕らがお互いに打ち解けることができなかった一因もここにあった。

僕たちが母に温かい紅茶をもち帰って五分後には、遅れてきた人たちも乗り込んで、叫び声や警笛で騒がしくなる中を列車がふたたび走りはじめ、さらにふかくニューサウスウェールズへと入っていった。僕には列車が、いまやすっかり変わってしまったように思えた。兵士たちは背嚢を抱え折り返しにサンバーストがついたスローチハットをかぶったままで眠り込み、口紅を厚く引いたままの女の子たちが、客車の木造部のふちの下にすりつけたガムはすっかり固くなっていた。鼻ちょうちんをふくらませている子供たち、ビジネススーツを着こんだ男たち。これらの人びとと僕たちを乗せた照明つきの車両といっしょに、日本人を乗せたあの暗い貨車も走っているのだ。

日本人捕虜の存在は、ひとを沈黙させるものだった。それがまず最初の反応だった。そしてそのすぐあとに喚び起こされたのは、僕には理解できない言語による心中の議論、あるいは対話のようなもので、あの四フィート八インチのレール上をゆく車輪の、僕らの州の列車が立てるのとは違った耳慣れないリズムにのって、列車が停車しまた走りだすのを待っているあいだでさえ、ずっとつづいていた。シドニーにたどり着いたあとも、さらには旅が終わったあとでも。僕にとってははじめに考えていたのとはまったく違う列車に、そもそもの始めから乗せられていたようなものだった。時刻表にある十六時間後の到着時刻を過ぎても走りつづけ、ついには今までとはまったく異なった、何とも名づけようがない目的地へと、僕を運んでゆく列車に。

人生の本質　エニッド・デ・レオ

"The Substance" by Enid De Leo

（渡邉大太＝訳）

エニッド・デ・レオ (Enid De Leo)

1942年にイギリスのケントに生まれる。1950年代に西オーストラリアのパースに家族とともに移住、1978年にイタリア生まれのイタリア系移民の建築家と結婚。その後、西オーストラリア大学で英文学と歴史学を学ぶ。大学卒業後は「女性作家と多文化作家協会」に所属し活動する。デ・レオは、オーストラリアにやってきたさまざまな移民グループの経験を作品に書くことに情熱を傾ける。現在は、1934年のオーストラリア・ディ・ウィークエンドに西オーストラリア州のカロゲリアという金鉱の町で起きた人種暴動についての作品や、第二次世界大戦中に西オーストラリアで抑留されていたイタリア人についての作品を執筆中。

私たちはいつも、フランクおじさんの家を「宮殿《パレス》」と呼んでいた。三階建ての家のバルコニーからは、川向こうまで見わたすことができたが、家の中の大理石の床と柱は冷たく空虚な印象を与え、輸入家具は立派すぎてとても使う気になれなかった。広々とした部屋が次から次へと続いていたが、あまりにも静かで私たちには居心地が悪かった。おばあちゃんはキッチン以外のどこにも行こうとはしなかった。すべての贅沢がおばあちゃんの理解を超えていたのだ。

「この家をごらんよ」おばあちゃんは両手を広げながら、肩をすくめたものだった。「まるでお墓みたいじゃないか」私の母ならば口に手を当てて、コンチェッタおばさんに聞かれないようにしたところだが、おばあちゃんは誰に聞かれようが気にもとめなかった。彼女は何でも自分の思い通りにやる人間だった。

家の外には美しい庭園が造られていた。彫像が置かれた芝地とバーベキューエリアの向こうの、フェンスが張りめぐらされた外側では、フランクおじさんが家庭菜園を営んでいた。おじさんはいつもそこにいた。豆を添え木に結びつけたり、トマトを剪定したり、厩肥《きゅうひ》をまいたりして過ごしていた。この厩肥のことでは、皆、頭を痛めていた。というのも、おじさんは頑なに、一マイルほど離れた馬小屋から、手押し車で厩肥を運びつづけていたから。彼はどうかしているんじゃないか、と近所の人たちに思われていることを、私たちは皆知っていた。おじさんが通ると近所の人たちがひそひそ話をするのだ。以前に誰かが、「イタリア野郎ときたら」といったのを私は耳にしたけれど、おじさんは意に介さなかった。

自分の胸に指を突き立てながら、おじさんはこういった。「この場所に金を払ったのは俺だ。俺のやりたいようにやって何が悪い」おばあちゃんはそのとおりとばかりに頷いた。

「フランクはいい子だよ」おばあちゃんは皆によくそういったものだった。「自分たちが食べる野菜を作るのはいいことだよ。カルロも私たちが食べる野菜を作っていたものさ。私たちは鶏だって飼っていたしね」コンチェッタおばさんはぞっとして目をむき、フランクおじさんに畑を売り払うよう頼みこんでいた。

「何のために野菜を育てているのかしら？　お店でもっと安く買えるのに、馬鹿ね。おかげで私はいい笑いものだわ」そんな時には、おばあちゃんはじろっと睨みを利かせていったものだった。

「ずいぶんと調子に乗って、お高くとまったりする人たちもいるもんだわね」私たちはそれですっかり納得させられてしまうのだった。なぜならおばあちゃんも私の母も、金鉱の掘っ建て小屋に住んでいたときのことをよく憶えていたからだ。それはフランクおじさんが最初にトラックを買い、土砂運搬の仕事をはじめる前のことだ。母は、フランクおじさんが週に七日、ブッシュ〔オーストラリアの未開地、奥地〕で働き、さらにトラックを買い足して、最後には大きな会社を所有するようになったのだと教えてくれた。何年か後に、家族と一緒に街に移り、家を建てた。そして、これで俺の仕事は終わりだ、とおじさんはいった。

「これから、俺は野菜を育てるのに精を出すのさ」と皆に宣言した。

彼の子供たちは、そのころにはすっかり大人になっていた。ニックとサムは大学を卒業し、おじさんが興した会社の経営を任されていた。実際、名義上も会社は息子たちのものになっていた。彼らは「投資マネージャー」とか「企画アナライザー」といったしゃれた肩書きで呼ばれていた。娘のローザは弁護士と結婚し、川向こうの美しいアパートに住んでいた。おじさんが結婚祝いに買ってあげたものだった。子供たちは心の奥底では、フランクおじさんが菜園に入れこんでいることを恥じていた。おじさんには野菜作りよりもゴルフクラブの会員にでもなるか、テニスでもやっていて欲しかったのだ。しかし子供たちがその話を持ちだすたびに、おじさんは腹を立てた。

「うるさい！」彼はいつもそう怒鳴った。「お前たちに分かってたまるか。確かに、俺も悪かった。仕事で長いあいだ家を空けて、家のことは母さんに任せっぱなしだったからな。とんでもない間違いだったよ！　お前たちにとやかくいわれるために、一生懸命働いて、この土地を手に入れたとでも思っているのか？」

彼の怒鳴り声は耳をつんざくようだった。家族は菜園の話題を持ち出すのは控えるようになった。しかし、彼らは忘れてはいなかった。この菜園からの川の眺めは素晴らしく、その土地は高値で売れるということを。この土地を譲り受けたいとニックとサムに申し出ている人物もいたが、おじさんは決して売ろうとはしなかった。おじさんは、このあたりが開発されるずっと以前からこの土地を所有していた。この間に、おじさんは、すでに古くなってしまっているが小屋をひとつ土地の一角に建てていたし、おまけに第三次世界大戦が始まっても家族を食べさせるのに充分な食料を蓄えてある地下室まで掘ってあった。

おじさんが祖国を離れることになったのは、飢えが第一の原因だった。このことは誰もが知っていたわけではない。なぜならおじさんは過去を語ろうとしなかったから。でもおばあちゃんがいうところでは、それが事実だった。家族が教育を受け、家具や上等の衣服を買い、クラブの会員になっている間に、彼は「苦しい時代がまたやって来る」ことに備えて、必需品を蓄えることにいそしんでいた。

おじさんは小屋で、自家製のサラミをつるして乾燥させたり、オリーブとピクルスを大きな石の壺に漬け込んだり、丁寧にブレンドしたワインを樽の中で熟成させたりした。毎年トラック一杯分のブドウを配達させ、前年からの熟成ワイン一、二本分を飲みながらワイン作りをした。その間、イタリア語放送局の短波放送を古いラジオで何とか受信して、BGMとして流していた。小屋に行くと、おじさんは手作りのタバコを吸ったり、靴を直したり、イタリアの新聞を読んだり、家族には歓迎してもらえそうもない友人たちと楽しく過ごしたりしていた。おじさんはベルト代わりに紐を締めていたし、長年使い込んだ眼鏡にはひびがはいり、時とともに見づらくなっていた。

「主人は頭がおかしいのよ」と、コンチェッタおばさんは頭をとんとんと叩きながらいったものだった。でも、彼女はおばあちゃんの前では絶対にこんなことを口にしないことを私は知っていた。私はおじさんがおかしいかどうか確信はもてなかった。私たち子供は、おじさんが小屋を愛しているのと同じぐらい、この小屋のことが好きだった。小屋にいるおじさんを訪ねていくのが好きだったのだ。おじさんお気に入りの差し掛け屋根のついた古いベランダに座っているのは、あの立派な家にいるよりもずっと居心地がよかった。

夕方になってあたりが暗くなると、おじさんがスプリンクラーの位置を整え、水をまき始めた。するとの土の湿った匂いや、育てている野菜の強い香りが漂ってきた。私たちはときどき焚き火をして、古い箱を見つけてきては火にくべた。厚切りのチーズとサラミを食べた。おじさんはワインを水で割って、私たちに振舞ってくれた。そうした時間が子供のころの一番幸せな思い出になった。ある夜、地下室の鍵をかけながら、おじさんが私のほうを向いてにっこり笑った。そして、お前は俺のおばあちゃんそっくりだよ、といった。それを聞いて私はとても嬉しかった。おじさんはゆっくりと頭をふった。

「あのな、ミマ。俺は大きな間違いを犯したんだよ。食べ物がなかったから、この国へ来た。確かに今じゃあ、食べ物はたくさんあるけどな、愛がないんだ。ここに来ないほうがよかったのさ」とおじさんはいった。私は黙っていた。でも気分が悪くなった。おじさんは家族に疎まれていたけれども、自分の母親を一風変わったところがあるからといって疎ましがることなど決してなかった。おじさんが一生懸命働いたおかげで家族は裕福になった。でも家族が享受できるようになった教養やたしなみを、おじさん自身は身につけることができなかった。ずっとあくせく働いてきたのだから。この会話を交わしたあとすぐ、おじさんは亡くなってしまった。長年食糧を蓄えてきた地下室のすぐそばで倒れているのをおばあちゃんが見つけた。立派な葬儀がとり行われ、多くの人がおじさんの死を悼んだ。でもその死を一番悲しんだのは、この私だった。立派な墓石も私を慰めてはくれなかった。

最近、いとこたちがおじさんの話をよくするようになった。

「おやじは大した人物だった」ニックは従業員たちにそう語る。「何もないところから始めて、こんなに立派な会社にまで育てあげたんだから」

「おやじはカルグーリー地域〔西オーストラリア州南部の金鉱の町〕の半分を動かした男だった」サムは自慢げにいう。「おやじのような人間はひとつの家系に一度しか出ないだろうな」それをいうなら生きている間にいって欲しかった。おじさんは遺産として、約束された未来を彼らに残してくれたのに。おじさんが青春時代や家庭生活を犠牲にしたからこそ、彼ら子供たちはおじさんが知っている飢えを経験しなくて済んだのだ。おじさんこそが人生の本質を生きたのであって、彼らはおじさんの影に過ぎないのだ。

隣人たち　ティム・ウィントン

"Neighbours" by Tim Winton

（下楠昌哉＝訳）

ティム・ウィントン（Tim Winton）

1960年、西オーストラリア州に生まれ、現在も同地に在住。カーティン工科大学在籍時に、処女作『オープン・スイマー *An Open Swimmer*』(1982)を発表。新人作家を対象としたオーストラリア／ヴォーゲル文学賞を受賞し、作家としてのキャリアをスタートさせた。現在は成人向け、子供向け、双方の作品を発表している、オーストラリアを代表する作家の一人である。1995年には『ライダーズ *The Riders*』(1994)がブッカー賞の候補となった。『ダート・ミュージック *Dirt Music*』(2002)は映画化され、2008年に公開予定。『浅瀬 *Shallows*』(1984)、『クラウドストリート *Cloudstreet*』(1991)、『ダート・ミュージック』(2002)の3作は、オーストラリアで最も権威のある文学賞、マイルズ・フランクリン文学賞を受賞した。海を舞台とした児童文学『ブルーバック *Blueback*』(1998)には邦訳がある。

最初に越してきたとき、若夫婦は近所のことが心配だった。通りは、ヨーロッパからの移民であふれていたからだ。おかげで、異国の地にちょっとだけ滞在している気分だった。左隣にはマケドニア人の一家が住んでいた。右隣にはポーランド出身の男やもめ。

新婚さんの家は小さかったが、高い天井とガラス窓が、しゃれたコテージのような雰囲気を醸《かも》し出していた。書斎の窓からは、公園のモートンベイ・フィグ〔オーストラリア原産のイチジク属の木で高さ六十メートルにもなる。〕の木々が家々の屋根と中古車置き場の向こう側にあるのが、若い夫には見えた。夫婦は、そこの公園に犬を散歩に連れて行っていた。隣人たちは、犬が気になるようだった。毛が抜け変わろうとしているだけで、おとなしいコリーなのに。

若夫婦はどちらも、生まれたときからずっと、郊外に広がる住宅地で生活してきた。そこでは、良き隣人にはめったにお目にかかれなかったし、耳にすることも全然なかった。だから、唾を吐く音やら、洗濯の音やら、日の出と同時に始まる水やりの音やらが聞こえてくるのは、ショックだった。マケドニア人の家族は叫び、がなり、金切り声をあげた。隣人がお互いに殺しあっているのではなく、ただ話しているだけなのだということを、新参者の若夫婦が理解するのに半年かかった。ポーランド人の老人は、一日の大半を釘を打ち込むことに費やしたかと思うと、またその釘を抜いてゆくのだった。彼は、どこかからともなく木材を持ってきては庭に積み上げてゆくのだが、それで何かを作ることはなかった。

何ヵ月も、新参者と隣人たちとの関係はぎくしゃくしていた。マケドニア人は、新参者の朝が遅いことに眉をひそめていた。若い亭主のほうは、妻が働いているのに自分が家にいて論文を書いていることを、隣人たちがよく思っていないのを感じ取っていた。彼は、隣のチビが通りで立ちションするのを苦々しい思いで眺めた。一度などは、そのチビが裏口の階段から猫に小便をひっかけているのを見た。その子供の頭は定期的に剃り上げられており、彼が見るところでは、それは髪を濃くする方策のようだった。そのチビは、塀のところでコバルトブルーの目だけをのぞかせて立っていることがあった。それがまた、若い夫の気に障った。

秋になって、若夫婦は裏庭のがらくたを片付け、地面を掘り返して肥料をまいた。隣人たちは、じろじろと夫婦がやることなすことを眺めていた。ネギに玉葱、キャベツに芽キャベツ、ソラマメを植えた。すると隣人たちが塀のところにやって来て、植え付けをするときの間隔のことやら、盛り土のことやら、肥料のことやらをああだこうだと忠告するようになった。まだ若い夫は口出しされてカチンときたが、言われたことは注意深く心に留めた。奥さんは、大胆にも隣の子のいがぐり頭を撫でた。すると肉屋のような太い腕を持つ黒い目の大女が、庭に植えなさいとニンニクの球根を袋いっぱいにくれた。

ほどなくして、若夫婦は鶏小屋を建てた。隣人たちが見つめるなか、それは崩壊した。隣のポーランド人の男やもめが呼ばれもしないのに塀をすり抜けて入ってきて、若夫婦のために小屋を作り直した。若夫婦は、その男がしゃべる言葉が一言も理解できなかった。

秋から冬になるころ、茜色《あかね》の夕日が沈むとたちまち夕闇が訪れ、あたりには木が燃える匂いが漂い、一日の終わりを告げる雄鶏の鳴き声が響くようになった。いつの間にか若夫婦は、隣人たちに微笑み返すようになっていた。ふたりはキャベツを近所に配り、お返しにグラッパ〔イタリアのブランデー〕と薪《たきぎ》をもらった。若い亭主は、二〇世紀小説の発展について、着々と論文を書き続けていた。妻のために夕食をつくり、おかしな患者たちや機能不全に陥っている病院の愚痴に耳を傾けた。通りを歩くとき、ふたりはもはや目を伏せたりはしなかった。自分たちの両親がやって来て、塀の向こうを見てショックを受けているとき、彼らは誇らしげに胸を張っていた。

冬になって、ふたりはアヒルを飼いだした。大型だがおとなしいマスコビー種で、雨の中にほったらかしておいても勝手に太っていった。春になって、マケドニア人の一家が、どうやってアヒルを絞めて、羽をむしり、下ごしらえするか、夫婦に教えてくれた。ブロックやひっくり返したバケツの上にみなで腰を下ろし、作業をしながらいろいろ話をした。もっとも、お互い何を言っているのか、よくわかってはいなかった——役割分担をして、男たちは肉をぶった切り、女たちは羽をむしった。羽毛が舞い、湯気が立ちこめ、支離滅裂な会話が飛び交うなか、若夫婦は恍惚とした。猫が、切り落とされた鳥の頭を弄《もてあそ》んでいた。子供が、猫の尻尾を引っ張っていた。新参者たちは、気がつけば大声を上げていた。

子供をつくる予定なんてなかった。それだけに、こんなに早く人の子の親になってしまうなんて、とふたりは呆然とした。友人たちだって、子持ちになることがあったにしても、結婚して数年は経っていたのに。若妻は産休の手はずを整え、夫のほうは、二〇世紀小説についての論文の執筆に精を出した。

隣のポーランド人が、何かを作り始めた。晩春の明け方に杭を打ち込み、セメントを流し込み、ため込んでいた材木を使い始めた。若夫婦はベッドで寝返りを打ち、悪態をついた。ときおり夫は、男やもめがわざといやがらせをしているのではないかと思った。朝になると、若妻はつわりに苦しみ、夫は埃アレルギーのおかげですっかりまいってしまった。

間もなく若夫婦は、妊娠の話が近所じゅうに知れ渡っていることに気がついた。みんなが、飽きもせず微笑みかけてきた。デリカテッセンの男性店員はささやかな贈り物として、若妻にはチョコをいくつか、夫には煙草を数パックくれた。夫は煙草を吸わなかったので、家にとっておくことになったが。夏になると、イタリア人の女たちが、子供の名前についてあれこれ提案をし始めた。ギリシア人の女たちは若妻を通りでつかまえると、彼女のスカートをたくしあげて腹を触り、男の子に間違いなし、と請合った。夏が終わるころ、隣の女は赤ちゃん服を編んでくれた。靴下と帽子もついていた。若妻はうれしかったけれどもなんとも窮屈な気分になり、ありがとうと思いながらもいらいらしていた。

そのころには、隣のポーランド人は、車が二台入るガレージを完成する一歩手前だった。若い夫は、車を持っていない男がそんなことをするのが信じられなかった。ある晩、音がうるさいと言ってやろうかと考えていると、当のポーランド人が手押し車何杯ぶんもの木屑を、暖炉で使えと持ってきた。

陣痛は急にやって来た。夫は二〇世紀小説を放り出して、電話に駆け寄った。若妻は湯を沸かすために、暖炉の手入れを始めた。産婆がやって来て若妻を手伝っているあいだ、若い亭主は質問らしき何事かを口走りながら、おろおろしていた。若妻は大きなおなかを抱えて家中を歩き回り、夫に指示を出した。夫が薪を取りに外に出ると、その日の最後の光に照らされて、どの塀からもこちらをのぞいている顔が見えた。数えたところでは十二。マケドニア人の一家が手を振り、たぶん幸運を祈るという意味の言葉を彼らの言葉でかけてくれた。

夜が深まり、若妻は陣痛の合間にうとうとし、ときに歩き、ときに叫び声をあげた。熱い風呂につかり、氷を口に含み、レバーソーセージが食べたいと言った。腹がせり上がり、子宮が下がった。暖炉の炎の光のなかで、汗がぎらぎら光り、身体にかけられた薄物がおなかの動きで浮かび上がった。夜はさらに深まった。産婆が小声でささやき続けてくれた。夫は妻の背中をさすり、氷を口に入れてやり、唇にオイルを塗ってやった。

そして、息むときが来た。夫は妻をさすり、目を見開いて、声をあげたくなるのを懸命にこらえた。若妻がしゃがんで息んでいると、床が震えた。そのとき夫は妻の力を感じ、彼女が状況を心得ているのがわかった。妻はふんばった。顔にまだら模様が浮かび上がったが、彼女はさらにふんばり続けた。息んで息んで、見えないバリアーを攻撃し、突然そいつが砕け散った。妻はとうとう仕事を成し遂げた。妻の胸のところに、すばやく赤ん坊が連れてこられた。その顔を見て、夫は息が止まりそうになった。そいつは片目を、彼のほうに向けた。乳首を見つけた赤ん坊にはへその緒がまだくっついていて、胎脂と母親の汗にまみれていた。母親は喘ぎながら、片手で小さな尻を抱いた。男の子だわ、彼女は言った。一瞬、乳首から口がはずれ、子供が泣き出した。表から叫び声が聞こえてきた。彼は裏口のところに行った。マケドニア人側の塀の上には眠そうな顔が並んでいたが、彼を見ると、一斉に歓声をあげた。若い夫は泣き始めた。二〇世紀の小説は、こういうときにどうしたらいいのか、心構えを教えてくれはしなかった。

北からやってきたウルフ　ウーヤン・ユー

"The Wolves from the North" by Ouyang Yu

（有満保江＝訳）

ウーヤン・ユー（Ouyang Yu）

1955年、中国の湖北省黄州（現在の湖北省黄岡市黄州区）生まれの詩人、小説家、批評家。上海で英文学とオーストラリア文学の修士号を取得後、1991年にオーストラリアに移住、メルボルンのラ・トローブ大学で博士号を取得する。英語と中国語の二言語を巧みに操りながら、中国系移民として体験した個人的、社会的、性的フラストレーションを作品に投影する。アジアからの移民の波に対するオーストラリア人の無関心と敵意に怒りをぶつけていることから「怒れる中国詩人」といわれ、オーストラリア文学界において物議をかもした作家である。また異なる文化、言語、伝統の狭間にある芸術家や知識人のもつジレンマを表現することのできる新しい世代のポストコロニアル作家ともいわれる。彼の作品は、ポーランド語、スウェーデン語、中国語などに訳されている。中国系オーストラリア人による二言語ジャーナル、『アザーランドOtherland』の編者でもある。作品には、詩集『メルボルンを照らす月、およびその他の詩*Moon over Melbourne and Other Poems*』(1995)、『最後の中国詩人の詩*Songs of the Last Chinese Poet*』(1997)などがある。

ルオー・ウェンフーは、クリスマス・イヴに何をしていいかわからなかった。すでにテレビのＳＢＳ〔オーストラリアの国営放送局のひとつで、多文化・多言語放送を行う〕、ＡＢＣ〔オーストラリアの国営放送局〕のニュースは見終わっていた。チャンネルを二から十まで変えてみたが、結局テレビを消した。ここではＣＣＴＶ〔中国国営放送局、中国中央テレビ〕で放映される春節〔中国の正月〕ほどのものは見られないと思ったからだ。

ルオーは誰かに電話をかけたかった。受話器は手の届くところにある。しかしそうすることをすぐにあきらめた。電話をかける気がなくなったのではなく、住み始めたばかりのこの街で、電話をかける相手がいなかったからだ。

隣に住むイギリス系のトムは、一週間前に奥さんと休暇でカトマンズへ旅立った。ベッドルームが三つ、家の前と後に庭があり、しかも車を二台所有するトムの家の管理を、ルオーはすべて任されていた。

上海にいたときには、メルボルンほどパーティーが似合う場所はないと思っていた。ステレオのＣＤプレイヤーにビデオ機器、エアコンのきいた居間は広くてダンスもできるし、芝生が植えられた大きな庭ではバーベキューもできる。しかし実際に今、メルボルンにきてみると事情は違っていた。ここではクリスマスといえば休暇のことだ。人びとは海外旅行かビーチか、とにかく自宅からできるだけ離れたところに出かけ、都会は閑散としていた。メルボルンのクリスマスは、十軒のうちの九軒は留守だといってもいい。十二ヵ月間、ずっと自宅にいなければならなかった辛抱も、このクリスマスでやっと終わるという訳だ。彼らは、もう一分たりとも家にいたくなかった。

ひどいもんだな、とルオーは思った。僕はまるで街全体の警備の最高責任者みたいじゃないか。

こんなふうに考えて彼は表に出てみた。夜はすっかり更けていた。メルボルンを覆う澄んだ青空は、夜の闇に染まって鋼鉄色がかって見えた。星が煌々と輝いていた。裏庭にまわると、木から落ちたばかりのよく実ったプラムが数個、地面に転がっていた。果皮の割れ目からは黄色の果肉がのぞき、そこから血のような果汁が滲み出ていた。

オーストラリアの夏は、どこもかしこもみずみずしい赤いプラムが実るというのに、それを味わうのは風と鳥たちだけだ。

住宅街は不気味なほど静かだった。犬一匹吠えない。皆、犬を連れて出かけているのだ。車の後部座席に座って、嬉しそうに頭を窓から突き出している犬の姿を、彼は思い浮かべた。

こんなことをしている場合ではなかった。彼は布団のなかに身をうずめていようか、それともどこかに出かけようか、どちらかに決めなければならなかった。そうでもしないと、クリスマス・イヴを乗り切れそうもなかった。

ルオーはもう街に出るしかなかった。

三〇分後には、彼は煌々と明かりが灯されたバスの中にいた。三時間有効の切符を買ったのだ。

つまり、真夜中の最終バスまで街にいられるということだ。バスには彼と運転手しか乗っていなかった。ぼんやりと街灯がともった郊外の道路を、バスは超スピードで走った。

ノースコート・ボーリング場前で、二人の男がビールの大箱を抱えてバスに乗り込んできて、彼の後ろに座った。

男たちは、ピーナッツなどのつまみも食べることなく、ひたすらビールを飲んだ。これがオーストラリア人の典型的なビールの飲み方だ。シューと音をたてて蓋を開け、まるで水を飲むかのように次々に飲み干していく。空になった缶を持っていた袋に入れていく。

この光景を見ていると、ルオーは毎週火曜日のゴミの収集のことを思い出した。それぞれの家の前の道路沿いの芝生には、リサイクル用のビールの空き缶や空き瓶がいっぱい入った袋が置かれていた。これから判断すると、オーストラリア人ひとりが一日に飲むビールの量は、中国人ひとりが飲むお湯の量をはるかに超えていると彼は思った。「飲んだら運転するな！」という標識が至るところにあり、これが日常語になっているのも不思議ではなかった。それにしても、どうして「飲んだら乗るな！」と書かないのだろう、ルオーはしょっちゅうそう思った。そうすれば「飲んだら」と「乗る」が頭韻を踏んで、より詩的な表現になり、親しみもわいて人の心に残るだろうし、いやな気分にさせられることもないだろうに。

肩の後ろにそっと何かが触れたような気がして、そんな考えは中断されてしまった。最初はバスが揺れたのかなと思ったのだが、また何かが肩に触れた。今度はもっと強く、肩を叩かれたように思った。彼は振り向いた。

細面で黄色い髪の男が彼の顔を見入っていた。男はビールの缶を彼のほうに差し出した。ところが缶をしっかり握っていることができないらしく、缶をルオーの鼻に押し付けてきた。

ルオーはびっくりして思わずひるみ、反射的に身を引いてしまった。

男は無表情で、ひどいオーストラリアなまりの英語で話しかけてきた。「一杯どうだ《アブァ・ドリンク》、マイト！」

「いや、結構！」こういいながらルオーは連れの男をちらっと見た。太っていて胸毛もあらわだった。この男はバスの中で起こっていることは自分とはまったく無関係であるかのように動じることもなく、何を見るともなく窓の外を眺めながらビールをすすっていた。

いっぽう細面の男は缶を突き出しながらビールを勧めたが、ルオーが受けそうもないのであきらめてこういった。

「てぇことは、お前は中国人《チョイニーズ》か？」

「そうですよ」、ひと呼吸して彼はこう尋ねた。「で、なぜそう思うんですか？」

「別に」とその男はいってビールを飲み続け、ルオーにはもう関心を示さなかった。

ルオー・ウェンフーは、自分がビールを飲まないといっただけで、なぜこの男は自分を中国人かと聞いたのだろう、と思った。もし、ビールを飲むといったら、日本人かと聞いたただろうか？バスが目的地に到着したので、もうこのことについて考える時間はなかった。

クリスマス・イヴだ。彼はラッセル通りに立って、水晶の宮殿のように煌々と明かりに照らされた都心の光景を眺めた。人々は広場に飾られたとんでもなく大きなクリスマス・ツリーを見るために、王立植物園の広々とした芝生で繰り広げられる「キャンドル・ライト・パーティ」に参加するために、またセント・ポール大聖堂でクリスマス・キャロルが歌われるのを聞くために、あるいはただ夜景を楽しみながら街を歩くために、都心へと流れていた。

ルオー・ウェンフーにとってはすべてが初めての経験だった。クリスマス・イヴのメルボルンはすばらしいと聞いていた。ところが彼が住んでいた地区はまるで墓地を思わせるほどシーンと静まりかえっている。彼は都心がこれほど生き生きと活気あふれる特別な場所になるとは想像もつかなかった。

通りをゆったりとしたペースで歩きながら、時々、明るく照らされたショー・ウィンドウで足を止めた。そこに飾られているものを眺めながら、なじみのない土地にいるというのに、自分が外国人であるということを露ほども感じることはなかった。何故だろうと彼は思ったが、街にいる人びとのせいだということに気づくと顔がほころんだ。通りを歩いている人びとの半分以上が中国人かあるいはアジア系だったからだ。もしも自分が今メルボルンにいることをしいて思い出そうとしなければ、上海の南京通りを歩いているという錯覚に陥るところだった。

このことに気づくと彼はがっかりした。なぜならば、彼は中国を離れるためにオーストラリアにやってきたのであって、中国に舞い戻るためではなかったからだ。中国人が多過ぎて不快に思ったし、つらいことを思い出すこともあった。多分、ほかの中国人たちも同じことを考えているのだろうと、彼は思った。通りですれ違う中国人、あるいはアジア系の人たちは、彼と直接目が合わないように気をつけていたからだ。彼らの表情から、中国人は嫌いだ！　お前はいったい自分を誰だと思っているんだ？　ただの中国人じゃないか！　といっているように思えたのだ。

　ところが、自分が放つ視線は、しばしば「同胞」に向けられ、特に女性たちに向けられていることに気づいた。彼女らは、その服装から「ソフト・タイプ」と「ハード・タイプ」に分けられた。前者は中国本土出身者で、彼女らの服装は中国ではまあまあしゃれてはいたが、ここではとんでもなく場違いで珍奇なものだった。もっとも目立っていたのは彼女らが履いている靴だった。踵が低い靴であろうがハイヒールであろうが、中国製のものだった。それに、ハイヒールはたいてい上海で流行っているもので、そのヒールは魅力的ではあるが折れやすいものだった。「ハード・タイプ」は、「ソフト・タイプ」と異なり、化粧は濃く、髪はボブ風に短くカットし、ブラウスは長すぎてほとんどひざに届きそうなものか、あるいは短かすぎてお腹をたっぷり露出するものだった。しかし、やはりこちらも目を引くのは靴だった。女たちはまるでレンガのような分厚い底のブーツか、高く筒状のヒールのブーツを履いていた。そのヒールは不思議なことに木製に見えた。こんな靴を履いている女たちは、オーストラリアに最低三年は住んでいて、なかには永住権を取得している者もいた。つまるところ、服装を見れば、永住市民かどうかの見分けがつくということだ。

　そんなことを思って、ルオー・ウェンフーは自分の足もとを見た。それから周りを見回し、だれも気づいていないことがわかるとほっとした。問題は彼がウルフを履いていたことだった。ウルフの靴は、店員たちが胸につけている名前とか番号とか写真入りの札のようなもので、それを履いている者は、中国本土からやってきた貧しい学生の一人であることを示していた。上海でこの靴を履く分には、たとえナイキほどよくないにしても問題はなかったので、人に見られることをまず気にすることはなかった。ところがここでは、リーボックのようなものしか皆知らない。ウルフが何なのか、それがどこの国で製造されているかなんて、誰が知っているだろうか。中国人にしかわからない！　彼は自分の靴から目をそらせてしまう人が千人はいたな、と心のなかで思った。

何がなんだかわからないうちに、ルオー・ウェンフーは人ごみのなかに呑み込まれていた。数人の中国人が、通りがかりの人を捕まえて、マッサージをしているのをもの珍しげにながめた。若いオーストラリア人が、ひっくり返したビール瓶の箱の上に座り、足を大きく広げ、満足げに目を閉じて、中国人女性に完全に身を任せていた。中国人の女は、男の頭や首や肩を打ったり叩いたり、押したり擦ったり揉んだり、指圧をかけたりした。ほかにも数人の中国人が、マッサージをするグループに属しているようだった。彼らは誰彼となく通行人を呼び止めて、断られても首や背中をマッサージをし始めるのだった。少しでも気を許すと、通行人は彼らのなすがままにされる羽目になるが、なかにはその誘いにやすやすと屈しない者もいた。金髪の女が頭を振ってしかめ面をし、それでも、苦笑いを浮かべて立ち去っていくのを、彼は見とどけた。

この光景を見たとき、いいようもない感情が彼の心のなかに湧きあがってくるのを感じた。こんな光景を、オーストラリア人たちは一体どう思っているのだろうか。ちょうどそのとき、マッサージを終えたばかりの若いオーストラリア人の男が彼のほうに近づいてきて、「やあ」と挨拶をした。明らかにマッサージが効いたのだ。とても気分がよさそうだった。顔見知りであろうとなかろうと、おかまいなしにルオーに英語で話しかけてきた。

「ああ、マッサージは実によく効いた。ずいぶん楽になったよ。」

「いくら払ったんですか?」

「十ドルだ。ぜんぜん高くないぜ。失業中の身だけど、十ドルくらいだったら払えるからな」

「失業してどのくらいになるんですか?」

「一年になる」

「失業保険は?」

「ああ、週に百ドルちょっとだ。まああってとこだな。で、君は日本人?」

少しばかり躊躇した。しかし結局、正直が一番だと思ってルオーはいった。「いや、中国人ですよ」

「中国人?」男はがっかりしたようだった。マッサージ師のグループに向けて口をとがらせ、「じゃあ君もあいつらと同じか」といった。こんないい方に少し棘があると思ったのか、彼はいい直した。「いやいや、マッサージは実によかったよ。ここを揉んでくれたり、ここを撫でてくれたり、ずい分気持ちよかったね。それでたったの十ドルだぜ」

男と話しているうちに、この男の名前がユーニクで、東欧からの移民だということがわかった。オーストラリアに住み始めて半年たつかたたないで、失業してしまったというのだ。失業手当を受けて、毎日することもなくぶらぶら過ごしていたのだ。そしてたった今、中国人のマッサージ師に出くわして、おもしろそうだと思って試したところだった。

とんでもないマッサージ師たちだ、ルオーは密かにそう思った。彼らの服装は自分と変わりはない。中国製のジャケットは一着七〇から八〇元だろう。履いているジーンズときたら色が濃すぎる。

そしてウルフの靴。それをよく知っている者には隠しようがない。履いている人間の身分を明かしてしまう。マッサージ師たちが客を捕まえたときに見せる、ずる賢くひとりよがりな笑いと、互いに目配せをするときの抜け目のない表情は、いかにも中国人らしかった。これを嫌わずにいられようか、と彼は思った。

ヤラ・ブリッジにやってきた。歩きすぎたせいか少し疲れてしまい、橋の欄干に寄りかかって、揺らめく川面を見下ろした。波間に映った巨大な街は活気に満ち、脅威とでもいった潜在的な力を奥に秘め煌いていた。神秘的な力が彼に手招きをして、さざめく川の深みに誘い込んでくるようだった。石の欄干がそれほど高くないので、川の深みにさらに引き込まれていくように彼は感じた。つい先ほど、赤、緑、黄色のバンドを頭に巻きつけた見知らぬ若い男がふたり、彼のほうに近づいてきて「メリー・クリスマス!」といいながら彼を抱きしめたことを思い出した。最初はびっくりしたが、その後で過去に味わったことのない幸福感を味わった。クリスマス・イヴのような日には、知らない者同士が友達になるものなのだろうか? 彼がオーストラリアにやってきたのは、盲目の占い師が、あなたの運命は外国の地にあります、と予言したとおりだったのだろうか? しかし、なぜ同胞の顔や彼らが身につけている物なんかにうんざりするようになったのだろうか? なぜ自分でも関心をもたないような人間になりたい、と思ったのだろうか? こんなふうになったのは孤独のせいなのだろうか? 彼の名前が英語であんな風に呼ばれるのも必然だったのだろうか。彼は、願書を出しに初めて英語学校にいった日のことを、そして彼の名前が中国語で発音されるときに英語教師がみせた反応を思い出した。

「え？　ローン・ウルフだって？」

「ええ、ルオー・ウェンフーです」

「ふーん、おもしろい名前だなあ」と教師はいい、なんともいえない視線を彼に投げかけ、中国語のローマ字表記のわきに英語で「ローン・ウルフ」と書いた。そして辞書を引いてその意味を調べるようにといった。

彼はいわれたとおりに辞書を引いた。すると辞書には「孤独な狼、あるいは広義に、疎外された孤独な人」とあった。

しかし、このことばが彼の名前や性格と何の関係があるというのだろうか？　彼は一匹狼だといって悦に入ったことなどない。淋しいときはいつでも雑踏の中に逃げこんだ。知らない人ばかりの群衆、しかも中国人がいなければなおよかった。そんなときに初めて自由になれるような気がした。そうすれば完全に自分だけの大地に立っているような気がしたのだ。

おそらくこのままずっと、とりとめもなく思いをめぐらせるところだったが、誰かの叫び声が聞こえてきた。「ゴー・ホーム！」酔っ払いの叫び声だった。何が起こっているのかよく飲み込めないうちに、背の高い何人かの男たちが暗闇から現われた。次に赤いものが、ものすごい勢いで大きな弧を描きながら彼の顔をめがけて飛んできた。彼は首をすぼめて、危険なものをよけた。男たちはビールの臭いをプンプンさせ、よく聞きとれない曲を口ずさみながらルオーを狭い路地へと押し込んで通り過ぎていった。路地に押し込められたルオーはほとんど息ができなかった。

セント・ポール大聖堂では、人びとは聖歌隊といっしょにクリスマス・キャロルを歌っていた。真夜中の、イエス・キリストが誕生した時間だった。彼らは歌っていた。

かいば桶に入れられて、横たわるベッドはない、
小さな主イエスはかわいらしい頭をかいば桶に横たえていた、
明るい空から星々が、眠っている彼を見守る、
小さな主イエスは干し草の上で眠っている。

彼は、皆と声を張り上げて歌いながら、「ゴー・ホーム」が何を意味するのかずっと考えていた。「ゴー・ホーム、ゴー・ホーム」と考えながら口に出して歌った。突然、四方から怒りの視線が彼のほうに放たれた。その時になって初めて、命令形で発せられたそのことばが、実は「自分の国に帰れ《ゴー・ホーム》」という意味であることがわかったのだ。

すっかり気落ちして彼は座り込み、自分の両脚に目をとめた。顔を赤らめ、思いがけずこみ上げてくる怒りで目まいがした。目を閉じて気持ちを静めようとした。彼が再び目を開いたときも、それはあい変わらずそこにあった。酒とタバコの臭いを放つ、吐き出された唾の大きな塊だった。し

ばらく唾液はズボンについたままだったが、やがて布地にしみこんで、うっすらと灰色の唾液の痕跡だけを残していた。

自分の国に帰れ《ゴー・ホーム》、自分の国に帰れ《ゴー・ホーム》。

アリガト　トレヴァー・シアストン

"Arigato" by Trevor Shearston

（湊　圭史＝訳）

トレヴァー・シアストン（Trevor Shearston）

1946年シドニー生まれ。大学を卒業してすぐの68年から70年代初めにかけ、ニューギニア南部の高地にある村メンディに教師として滞在し、オーストラリアが長らく統治に関わってきた現地の状況をつぶさに観察する。以降、75年にパプアニューギニアとして独立したこの地域に興味を抱き、独立期の政治・文化的衝突をテーマにした初期の長編『罪のない嘘 *White Lies*』(1986)から、19世紀のイタリア人探検家が主人公の最新作『死んだ鳥 *Dead Birds*』(2007)に至るまで、テーマや舞台として一貫してとりあげ続けている。その他の作品に、現在暮らすニューサウスウェールズ州ブルーマウンテンズ地域の町カトゥーンバを舞台に、オーストラリアの田舎に住む人々の心の闇を描いた『火口 *Tinder*』(2002)などがある。

女に案内されて小屋の中に入ると、老人の姿があった。身体を入り口のほうに向け、ござの上に横になっている。女はそのわきにもう一枚ござを広げると、座るようにと私に身ぶりで示した。

「わしの名前は、女から聞いとるな？」

握手をする。老人の握力はおどろくほど強かった。

「ええ」

「で、わしのことはご存知かな？」

「前にもお見かけしたことはあります」

「だが教会で会ったのではないな」

目元に笑みを浮かべていたが、心からの笑みにはならなかった。私が彼に笑い返すかどうか探っているのだ。それから、老人は入り口のほうへ顔を向け、外をじっと見つめた。それまでの和んだ表情は消え失せていた。

「質問があるんだがね、神父さん」

「ええ、何でしょう」

老人は私のほうを見やった。

「あんたの教会に属してない人間でも、あんたに弔ってもらうことはできるかね？」

「それは無理です。でも誰であれ、生まれ直すのに遅すぎるということはありませんよ」

彼の顔に一瞬、笑みがよぎった。

「かもしれんな。でも時間がかかるんだろう？」

「ほんの少しは」

「じゃあ忘れてくれ。人間、一度生まれればじゅうぶんだからな。あんたを呼びに、女をよこしたのにはべつの理由がある。わしの状態を見ればわかるだろう。自分では行けんかったんでな」

「かまいませんよ」

私たちはピジン語〔ここではパプアニューギニアの公用語のひとつ、トク・ピシンのこと。英語を土台としたクレオール言語。パプアニューギニアには、八百以上の現地語があるとも言われている〕で話していた。老人は私の腕に手をかるく置くと、地元の言語で何かを言った。入り口のわきでしゃがんでいた女が立ち上がり、小屋から離れていった。

「あんたはドイツ人だそうだな、神父さん」と、女の後ろ姿を眺めながら言う。

「それは間違いですね。オーストラリア人です」

「わしが子供だった頃にはまだここにもドイツ人がいくらか残っていたもんだ。あんたはドイツ人に見えるがな」

「鋭いですね。両親がドイツ人なんです。でも私はオーストラリア生まれですから、オーストラリア人ですよ」

老人は肩をすくめた。

「かまわんさ。本当のオーストラリア人じゃないからな。歳はいくつだい？」

「三二です」

「日本人が初めにカヴィエン〔パプアニューギニア、カヴィエン島西端にある港町。ニューアイルランド地方の首都〕を空爆したときには、まだ生まれとらんというわけか」

「ですね」

老人は折りたたんで枕にした毛布の向こうに手をのばし、籠をさぐり当てた。

「神父さん、ビートゥル〔東南アジアのコショウ属のつる草、キンマのこと。その葉にビンロウの種子（檳榔子）を包んで口内清涼剤として噛んで楽しむ〕はやるのかい？」

「いいえ」

「むかしこの辺りにビートゥル好きな牧師がいたな。ラム酒よりいいとか言ってな。わしの歯じゃもう種が割れんのだ。種なしで葉とライムを噛んでるだけだよ」

ひじを立てて身体を起こすと、ビートゥルの葉を噛み取った。

「お互い知り合いというわけでもないが、神父さん、それでも話はできる。そうだろう？」

「話すのは好きですよ」

「よろしい。だが話のあとに、ひとつ頼みごとを聞いてもらわないといかんのだ。引き受けるかどうかはあんたの自由だ。べつにあんたのとこの信徒というわけでもないしな。白人に頼みたかったんだ。で、いちばん身近にいるのがあんただったというわけだ。でも、オーストラリア人じゃないと思ってたんだがな」

「出身が問題になりますか？」

「老人は過去に生きとるもんだよ、神父さん。戦争前にオーストラリア人がここにおってな。やつらにとっちゃ、わしら地元民は豚同然さ。日本人がやってくると、じぶんのもんだとか言いはってた農場をほっぽりだして、戦いもせずに逃げてったよ。その頃はわしはこの辺りじゃ、ちょっと知られた人間でな。日本人はわしのとこにやってきて、お前がケンペイタイになれ、と言ってきた。何のことかわかるかな？　ケンペイタイってのは？」

「警官のことですね」

「本で読んだのかい？」

私はうなずいた。

「日本人がつくった規律は厳しかったが、みなに平等だった。もしわしが日本人の兵隊を殴ったとしたら、わしが罰を受ける。兵隊がわしを殴ったら、その兵隊が罰を受ける。わかるかな？　よその土地で日本人がやったことを聞いてはおるが、ここではそんなふうじゃなかった。わしらを豚じゃなくて、人間として扱ってくれたよ。ここのやつらは間抜けでな。兵隊への態度もひどいもんで、逃げ出したり、やぶに食料を隠したりだった。だが、わしがケンペイタイになってからはそういうことはなくなった。ここの連中は当時のことでわしを嫌っとる。見ていれば、あんたにもわかるだろう。もし日本人が残っておったら、この国も今よりはましになっとるよ。

オーストラリア人が戻ってくると、ここの連中はわしがケンペイタイだったと告げ口しおった。あんたもやつらがわしについて言っとる馬鹿げた話を、いろいろと耳にしとるんだろうな。オーストラリア人はドラム缶にわしをくくりつけて、尻を鞭打ちしおった。それからわしが歩けるようになるまで一週間待って、また鞭打ちだ。今でもそのときの痕が残っとるぞ。背がいっとう高い、赤毛のオーストラリア人がおって、そいつが責任者だった。ここの連中はその男のところに出向いて、わしをピストルで撃ち殺してくれと言った。そいつはただ笑って、弾がもったいないだろうと言ったんだ。この話でオーストラリア人がどんなやつらか、ちっとはわかったろう、うん？　ずいぶん昔の話だが、老人はこんな風なことはちゃんと憶えとるもんだ」

　そう言ってまた、ござに仰向けになった。

「部屋のすみに壜が置いてあるんだが、神父さん。ちょっと取ってくれんか？　水しかないがの。タロ芋を用意しとくように女には言っといた。帰る前に食っていってくれ」

　私は取ってきた壜の栓を抜いて、老人にわたしてやった。口をゆすいでから水を飲み込み、壜を返してきた。

「アリガト」と彼が言った。

「何ですって？」

「アリガト。日本語でサンキューって意味だよ。言いながら、頭をこんな風にするのさ」

　老人は手を立てて指を折り、人がおじぎをする動きを示してみせる。それから、腕をじぶんの胸の上に力なく落とし、横たえた。

「時間というもんは、円を描いて流れておるんだな、神父さん。日本人がレメリス〔カヴィエン島中央部にある町〕に帰ってきたっていうじゃないか、木を伐りに」

「ええ、キャンプも見ましたよ。カヴィエンにはもっとたくさん来ています、マグロとサバを獲りにね」

老人は辛らつな笑い声を立てた。

「ほんのちょっと金が入るとなれば、どんな敵も味方に変わるってわけだ、なあ、神父さん。気にせんでいい。どっちにしても、戦争はもう本の中だけの話なんだろう。あんた、レメリスにおる日本人に手紙を書いてくれんかな。日本人がもってた鍵を首から紐でぶらさげとる年寄りがフリス〔カヴィエン島東部の町〕にいると伝えてくれ、あんたらに見せたいものがあるってな」

「じかに私が会いに行ったほうがいいかと思いますが」

「それはそうだが、手紙でじゅうぶんだよ」

「べつにたいしたことじゃありません。町で調達するものもありますし」

「車をもってなさるか？」

「自動二輪ですよ。そこに置いてあるやつです」

身体をまたひじで起こした。

「はやく来てくれんといかんと、日本人に伝えておくれ。それから、カメラと、小さな箱もさげてくるように、とな。いつ、町に出なさる？」

「明日です」

「ガソリン代をあんたに払うように、わしが言っとったと日本人たちに伝えてくれ」

「ガソリンなんか買いませんよ」

老人はにやりと笑った。

「向こうさんはそんなことはご存知ないさ」

「わかりましたよ、頼んでみます」

「よろしい。日本人が来たら、あんたもいっしょに来てくれるかな？」

「お望みであれば」

「何もお支払いできんが、神父さん、あんたさんにでも、こんな老人から教えてやれることがあるもんだよ。戦争のことが何でもかでも本に載っているわけでなし」

また仰向けに寝転んだ。

「わしの話はこれでしまいじゃが。あんたのほうは？」

私はうなずいた。

「けっこうだ。わしの息子の息子で、ちっちゃいのが戸の外で待っとるはずだ。これから飯にすると、女に伝えるように言っとくれ」


朝のミサを唱えていると、布教所《ミッション》に入ってくる車の音が聴こえた。教会の前ですこしの間だけ停車し、それから私の家のほうへと進んで行った。しばらくして私が庭を横切ったところで、日本人が四人と土地の若者がひとり、ランドクルーザーから出てきた。前日に話を交わした男が微笑みを浮かべてうなずき返してきたが、前に出て手を差しだしたのはべつの中年の男だった。

「お勤めのとちゅうでお邪魔して申しわけありませんでした。私はマサル・コウといいます。昨日お越しになられたときには、キャンプにはおりませんで。イクタくんには昨日会われましたね。

それと、こちらはマツムラくんとカスガくんです」

四人ともが、短パンとサファリ・ジャケットというお揃いのかっこうをしていた。私たちは握手を交わした。

「コーヒーでもいかがです?」

コウ氏が代表して答える。

「いただきましょう。みな起きたのが、朝食には早すぎる時間だったもので。車にカメラ機材を置いたままにしても、大丈夫でしょうかね?」

「ええ。この辺の人間はそんなもの盗んでも、どう使っていいんだか、わかりませんからね」

日本人たちは上品な笑い声をあげて、私につづいて階段を登った。

＊

トラックは村まで一キロほどのところで、機体の後部が壊れた二機のゼロ戦と、吹き飛ばされたまま木に横向きになっている双発の爆撃機の残骸のそばを通った。ちょっと止まってもいいだろうか、と日本人たちが頼んできた。カスガ氏が、他の三人が神妙な面持ちで機体のわきに立っている写真を数枚撮った。

老人は、小屋の陰に敷かれたござに横たわっていて、枕元には少年が座っていた。そばのインドソケイの木の下にはふたりの男がいて、ビートゥルを噛んでいた。老人の妻は小屋の入り口のところで籠を編んでいる。わざとらしく私たちの到着に気づかないふりをしていた。車から私たちが出ると、木の下のふたりの男がビートゥルを吐き出し、立ち上がった。老人は笑みを浮かべ、日本語で何かを言った。コウ氏が驚いた様子で私を見てから、老人と握手を交わし、日本語で答えた。それから何かを尋ねたが、老人は首を振った。コウ氏は私のほうを向いて言った。

「『おはようございます、元気ですか?』って言ったんですよ。でもそれ以上は思い出せないようです」

「ピジン語は話せますか?」

「ほんのすこしだけです。私たちが雇っている地元の人たちは、ほとんどが英語を話せますからね」

老人が少年に何かを言った。少年は小屋からまだ青いココナツの実をいくつか取ってきて、それを鉈《ナタ》で割った。

「神父さん、このふたりがわしを運んでいくことになっとるんで、ふたりに駄賃を払うよう、日本人に言っておくれ」

私はうなずいた。

「この人らはピジン語はわからんのだろう?」老人は日本人たちを指さした。

「あまり」

「べつにかまわんさ。目がついてさえいればな。ココナツを食い終わったら、出発することにしよう。砲台がある場所をあんたは知っとると思うんだが、神父さん」

「ええ」
「今から向かうのは、そこだよ」

*

二基の砲台は、ビーチから二百メートルほど上の石灰岩の台地にあった。かつてはこの辺りの島々一帯の船の通行を睥睨《へいげい》していたはずだが、いまでは海との間には壁のように、森の木々が立ちふさがっていた。ふたりの男が交替で、老人を子供のように負ぶって運んできたのだった。竹やぶのわきの草を踏んで平らにすると、陰になったところに老人を寝かせた。老人は息をするのが苦しいらしく、話すことができなかった。日本人たちが砲台をあれこれ調べているあいだ、私は彼の隣りに座っていた。

コウ氏が私のところにやってきた。

「海軍の砲台ですね。ほんとうによく保存されています。でもこれが、そのご老人が私たちをここに連れてきた理由というわけではないでしょうね」

「私も知りません。先日は、鍵がどうしたとか言っていましたが」

「ああ、イクタくんが伝えてくれました」

コウ氏は老人のほうに目をやった。

「彼はじぶんが死にかけているって知っているのですね？」

「弔ってくれないかと頼まれました」

「なるほど」

他の三人の日本人たちは、砲手席後ろの岩盤に縦横に刻まれた塹壕の奥へと消えてしまってい
た。コウ氏が砲台を指しながら言った。

「おかしなもんですねえ、こんな記憶が私たちみんなを引き合わせるとは。あなたは太平洋戦争後のお生まれだとお見受けします。私は一五歳でしてね。戦争が終わって、戦死した兵士たちの遺骸が帰還してきたのを見て、私たちがどんなに誇りに思ったか、われらが国土を外国人がのし歩いて、その下に埋められている兵士らの墓の前を通るときにどんなに恥ずかしく思ったかを、今でもよく憶えていますよ。この老人もまた憶えているんでしょう。でも私たちが知っている戦争とはまたべつの戦争のことを。とは言え、私たちをここまで招き寄せるぐらいだから、彼は私たちが彼のことを知るより遥かによく、私たち日本人のことを知っているんでしょうね」

「言ってましたよ、あなたがたの国の兵士を見送るのが辛かったって」

コウ氏は笑みを浮かべた。

「だとしたら、珍しい人ですね。日本兵が去ったあとにそんなことを口走ったりしていなければよいのですが」

「日本人が居てくれたらいいと思う理由を、オーストラリア人がどっさりくれたのですよ」

老人が目を開かないままで口をきいた。

「あんたら、戦争について話しとるんだな、ええ?」

「ええ」

老人は最後に彼を負ぶっていた男に何ごとかを告げた。男はまた老人を、子供のように背中にひっぱり上げた。

「わしらが先に行くからな。あとからついてきてくれ」

片側の壁が低くなっている塹壕が、砲台の裏に二十メートルほどつづいて、森のところで吸い込まれるように途切れていた。老人の後についていた男が蔓と潅木の絡まったのを伐り開いて、道をつくりはじめた。ほんの二、三分で茂みはまばらになり、背丈の高いチガヤがおい茂っている崖の下のところに出た。

「神父さん、あの男に鉈であの石のそばの竹を伐るように言っておくれ」

それを伝えるとコウ氏は困惑した表情を浮かべたが、男のひとりから鉈を受け取ると、竹を伐り倒しはじめた。すぐにぱたりと手を止めると日本語で叫び声をあげ、それから勢いこんで伐る手を速めた。石灰石の崖のおもてに、蝶つがいがセメントで固定された鉄の扉があった。

「最後にここにきたのは五年前だった、入り口を隠すための葉っぱを変えにな。さあ、鍵を渡してやってくれ」

木の葉をどけると、雨よけの肩マントのようなものが見えた。錠そのものは防水布で包んであった。鍵の最初のひとひねりで、かすかにかちりと鳴り、開いた。

「扉を軽く引っぱるように言ってくれ。さっと閉まるぐらいに油をさしておいたからな」

扉が開かれた。コウ氏がハンカチで口をおおい、中へ踏み込んでいった。他の三人もあとにつづいた。穴から漂ってくる臭いが、辺りにゆっくりと広がった。日本人たちがふたたび穴から出てきた。カスガ氏は声を立てずに泣いており、他の三人も涙をこらえていた。

「入って、見てみてください、神父さんも」

天井の低い部屋で、五メートル四方ほど、窓はなかった。換気のために開けられた細いトンネルは、石や土砂でふさがれていた。部屋の中は乾燥していて、ほとんど塵もなかった。一方の壁には地図の名残りらしきものがあったが、他の壁はむきだしになっていた。大きな机が一方に寄せてあって、上には煤けたふたつのオイルランプだけがのっていた。六脚の椅子が壁にそって等間隔に並べてあった。そのうちの一脚に、かすかに錆ついたピストルの入ったホルスターとベルトが掛けてあった。カスガ氏に涙を流させたものは、床の真ん中に敷かれたござの上にあった。身を丸めた姿勢の骸骨だった。ひざまづいた格好で死んだあと、横向けに倒れたのだ。軍服は肉といっしょにほとんど腐り落ちてしまっていて、勲章とボタンだけが残っていた。左わきのござの上には、短い刀がきちんと置かれていた。扉のすぐ近くに敷かれたござの端っこには、竹製のフレームに、ガラスでおおわれた二枚の写真があった。逆さまになっていたが、若い天皇の写真であることがすぐにわかった。もう一方は家族写真のようだった。私はそれを拾い上げて、外に持ち出した。写真に写ったふたりの男は軍服を着ている。年長のほうが真ん中で微笑みながら、若いほうの男の肩に片方の腕を置き、もう一方の腕を小柄な着物姿の女性の腰に回している。

老人が写真を見てうなずいた。

「まず神父さん、あんたに話すから、あんたから彼らに伝えてほしい。この真ん中の男がサイトウ。若いのは彼の息子だ。ふたりともここに来ていてな。日本語で何と呼ばれていたかは憶えとらん。父親はこの辺り一帯のナンバー・ワンだった。息子は砲台の指揮官でな。わしは息子のほうと友人だった。ときどきサケをくれたもんさ。サケを知っとるかな?」

「ええ」

「ある日わしらは、戦闘が終わって、日本人を全員収容するためにオーストラリア人がやってくると告げられた。夜遅くに、オーストラリアの船が姿を見せた。わしは森の奥へ逃げようとした。お前は逃げればいいだろうって息子のほうが言ったのさ。でも彼はまずわしを、この場所に連れてきた。扉はもう閉じられていた。父はオーストラリア人の捕虜にはならない、ここに留まる、と息子は言った。鍵がふたつあった。ひとつを彼がとり、もう一方をわしに渡した。それが今さっき使ったやつだ。この場所を隠して、守っていて欲しい、と彼は言った。いつの日か帰ってきて、そのときにお礼はするから、と。戦争が終わってから日本人が四度やってきて、滑走路と砲台から日本兵の遺骨を運んでいったが、息子のほうのサイトウは戻って来なかった。だが、わしは待ちつづけたし、このことをひと言も漏らさなかった。もしかするとまだ来る可能性があるのかもしれんが、わしが思うに、彼はもう死んだろうな。いずれにせよ、来ても、わしはもうおらんようになる。この四人が日本政府にわしがやったことを伝えてくれるだろう。わしが戦争で得したことなどなかったさ、神父さん、うちのかみさんにしてもな」

私は英語で日本人たちに話した。話が終わると、コウ氏が老人の顔に両手を添えた。

「この人に、今日ここに立っている日本人は四人ではない、五人だ、と伝えてもらえませんか」

私はその通りを老人に伝えた。老人は感謝の言葉を口にして、コウ氏を指さしながら私に言った。

「神父さん、何をすればよいかわかっているか、訊いてもらえんかな」

私がコウ氏に尋ねると、彼は日本語で老人に何ごとかを言った。老人はうなずいて、私のほうを向いた。

「彼らにまかせるとするかな。鉈があれば間に合うだろう。砲台の辺りに、枯れ木がやまほどあったしな」

老人はコウ氏に写真を手渡した。

「これもいっしょに頼む」

＊

一月後に、老人が死んだ。レメリスにそのことを伝えたが、誰も来なかった。こんなに早く忘れてしまったのかと、私は不快になった。何日か経って、コウ氏から、心のこもったお詫びの手紙が届いた。彼と同僚たちは、新しいキャンプの候補地を調査するために、二週間ほど山に入っていたということだった。遺灰と掩蔽壕《えんぺいごう》の写真を日本に送ったと言う。週末に訪ねて行ってもよいか、と尋ねてきた。

土曜日の朝、一一時頃に、コウ氏と他の三人、それとコウ氏の妻が到着した。老人が亡くなったときに来られなかったことを、もう一度みなで詫びた。

「東京からもポート・モレスビーからもまだまったく連絡がないんですよ、神父さん。日本政府もこの類のことに関しては、他の政府と同じで動くのが遅いのではないかと思います。彼が死んでしまったので、これからどうするのが一番いいのかわからなくなりました。過去に同様のことがあった場合、日本政府は謝意を表しましたし、今回も間違いなくそうするとは思います。ですが、生前に、言葉だけではなく何かをお渡ししておくべきだったと思われてなりません。あの日、レメリスに戻ったとき、私たち全員がそう感じたのです。そこでみなで彼のために金時計を買いました、それからすぐ、亡くなったって伺ったのです。あなたは私たちよりここの人たちをよくご存知ですね、神父さん。よろしければ、彼の代わりに、未亡人に時計を差しあげたいのですが」

「よろしいのではないでしょうか」

「いっしょに来てくれますか?」

「もちろん」

＊

女は小屋の前の地面を箒ではいていた。木の葉とインドソケイの花のきれいな山がいくつもできていた。背すじを伸ばして、私たち、とくにコウ氏の妻をしげしげと眺めた。訪ねた目的を、私が説明した。女は箒をその場に乱暴に置くと、ひと言も言わず、老人が埋葬されている所へと案内してくれた。小屋からほど近い、ココ椰子の木立のなかだ。墓地は白い石で囲われていて、草取りがなされたばかりだった。埋葬場所の頭部にあたるところに平石が置かれていたが、墓標はなかった。

コウ氏が短いあいさつをした。私が翻訳した。コウ氏はケースから時計を取り出し、女に手渡した。彼女は時計を、次いで私たちに目をやり、ひざまずくと、時計を平石の真ん中に置いた。それから、囲いの石をひとつ手に取ると、時計をばらばらに叩き壊した。私たちを見ることもなく立ち上がり、小屋のほうへと歩いていき、中に入って、扉を閉めた。

手紙　サリー・モーガン

"The Letter" by Sally Morgan

（渡邉大太＝訳）

サリー・モーガン（Sally Morgan）

1951年、5人兄弟の長女として西オーストラリアのパースに生まれる。現在は画家、作家として活躍。オーストラリア政府が白豪主義の一環として掲げた「同化政策」のもとにアボリジニの親元から引き離された、いわゆる「ストールン・チルドレン」の子孫である（本書の解説を参照のこと）。しかし、自身はその事実を知らされることなく成長し、成人してその出自を知り、自らのルーツを辿ることになる。この探求の記録をもとに、アボリジニの文化やコミュニティーと深いかかわりのある自己を発見していく物語を書き、最初の作品『マイ・プレイス *My Place*』（1987）を出版する。作品はたちまちのうちに成功をおさめ、数十万部を超えるベストセラーとなる。『マイ・プレイス』はアメリカ、ヨーロッパ、日本を含めたアジアでも出版されている。ここに収められた短編も、ストールン・チルドレンの現在を扱ったものである。彼女の二番目の作品『ワナムラガニャ *Wanamurraganya*』（1989）はモーガンの祖父ジャック・マッキーの伝記である。彼女は、「人権および機会平等委員会賞」を含めて多くの賞を受賞する。現在は、西オーストラリア大学の「先住民の歴史と芸術センター」のセンター長を務める。

バスが前後に揺れるたびに、疲れ老いぼれた頭がさらにひどく痛んだ。

本当は泣きたかった。でも誰がバスの中で泣いたりするだろう。目を伏せて、膝にのせた古いビスケット缶をしょんぼりと見つめた。スコッチ・ショートブレッド。それが彼女の好物というわけではなかった。けれど缶の色が好きだというので、私が彼女に贈ったのだった。

深いため息をつき、頬をつたい始めた涙を拭った。彼女は逝ってしまった。私は老けこんだような気がして、孤独を感じ、すっかり気落ちしていた。

缶の蓋のまわりを指でなぞり、ゆっくりそれをゆるめた。

彼女が残していかなければならなかったものが、その中にすべて収まっていた。細い銀色のネックレス、赤ちゃんの写真が数枚、オーストラリア市民権の証明書、そしてあの手紙が入っていた。

彼女がその手紙を書くのにひどく時間がかかったことを思い出して、顔に笑みが浮かんできた。一語一語を何度も書き直していた。それほど大切な手紙だったのだ。その手紙をイレインに届ける日のことを、私たちは冗談めかして話したこともあった。その日は想像以上に早くきてしまった。

うまくいかなかったわ、缶の中のネックレスを手に取りながら、心の中でつぶやいた。そのネックレスはイレインの十歳の誕生日に買ったものだ。でも私たちには、それをどこに送っていいのかが分からなかった。今では、イレインがどこに住んでいるのかを知っている。けれども彼女はビスケットの缶も、その中に入っているものも、何ひとつ受け取ろうとはしなかった。

私はネックレスをそっと写真の上に戻した。

イレインは、写真の赤ん坊は私じゃないと言い張った。すべてが馬鹿げた勘違いで、私をしつこく悩ませるのはもう止めにしてください、と言った。

彼女に会いに行ったのはこれが三度目で、どうやら最後になりそうだった。色あせて、よれよれになった手紙を手に取った。そしてそっと広げ、もう一度読み直してみた。

私の娘イレインへ

いつの日かこの手紙を読み、そして理解してくれることを願いつつ書いています。きっと私のことなんか知りたくもないでしょうね、私があなたを捨てたと思っているでしょうから。でもそれは違うのよ。私は、本当のことを知ってもらいたいの。

セトルメント〔アボリジナルの居留地〕であなたを生んだとき、私はまだ一七歳だった。みんな、父親が誰なのかを知りたがったわ。でも絶対に教えなかった。もちろんお父さんは白人よ。あなたは肌が本当に白かった。でもその男には私に対する愛も、あなたに対する愛もなかった。だから私は独りであなたを守ると誓ったの。私よりも、ずっと素晴らしい人生を送って欲しかったから。

でも私が二〇歳のとき、あなたは連れて行かれてしまった。アボリジニ保護局のネヴィル氏〔西オーストラリアアボリジニ保護局長、一九一五年から一九四〇年まで務めた〕はそれが子供にとって最善だと言ったわ。私のような肌の黒い母親が、あなたのような赤ん坊を育てることは許されないってね。彼は、あなたが私たちアボリジニのひとりとして育てられることを望まなかったのよ。私はあなたを手放したくはなかったわ。でもどうすることもできなかった。法律でそう決められていたからね。

三〇歳になって、私はあなたを探し始めた。けれどどこに行ったのか、誰も教えてくれなかったわ。絶対に漏らしてはいけない秘密だったの。苗字が変えられたと聞いたけれど、何て名前になったのかは分からなかった。ネヴィル氏に面会に行って、あなたに会いたいと伝えたわ。そのとき、白人家庭で養女として育てられていることを知ったのよ。あなたは自分のことを白人だと思っていた。だから、探そうとすれば娘を傷つけるだけだとネヴィル氏に告げられたわ。

長い間、私は忘れようと努力したの。でも自分が生んだ娘を忘れることなんてできる？　ときどきあなたの赤ちゃんの頃の写真を取り出しては、小さな顔にキスしたわ。何とかして、あなたを愛している母親がいることを知ってもらいたいと祈ったの。

やっと探し出したときには、あなたはすっかり大人になって、家庭をもつようになっていた。私は連絡を取ろうと手紙を送り始めた。あなたと、私の孫たちに会いたかった。すべて知っているはずよね。手紙をみんな送り返してきたんだもの。私はあなたを責めているわけでもないし、それに恨んだりもしていないわ。あなたがこの手紙を受け取る頃には、私はもうこの世にいないでしょう。でも私が缶に残した大事なものを手にするはずよ。いつか本当のあなたが一体誰なのかを考えてほしい、そして私の仲間たちと仲良くしてほしい。なぜならあなたもその一人なのだから。どうか缶を届けてくれる女のひとに優しくしてちょうだいね、あなたの叔母さんなんだから。

あなたを愛する母より

私は手を震わせながら、手紙をたたんで缶に戻した。無駄だった、何度か試してみたけれど無駄だった。ネリーは私たち家族のなかで一番強いひとだった。何事であれ、決して諦めようとしなかった。いつも彼女は、いつの日かイレインが帰ってきてくれると信じていた。

しっかりと缶の蓋を閉め、バスの窓から過ぎていく道を眺めた。ネリーが今ここにいなくてよかった。彼女がことの顚末を知らずにすんでよかったとも思った。そのとき突然、彼女の怒った声が耳元でささやいたような気がした。「あなたはいつも、簡単に諦めすぎるわよ！」

「諦めてなんかいないわよ」、私は静かに言った。どうしたらいいかはわからなかったけれど。ネリーの言うとおり、あの子は私たちの血を分けた家族なのだ。簡単に彼女を諦めるなんてできない。もう一度、缶を見下ろした。不思議と気分が晴れてきて、ほとんど幸せな気持ちになっていた。最後にもう一度やってみようと心に決めた。手紙を新しい封筒に入れて、もう一度送ろう。もしかしたら、読んでくれるかも知れないじゃないの！

電話のベルが聞こえたとき、私は裏庭に出ていた。家の中に入るまでに、きっと切れてしまうだろうと思った。この頃は裏口の階段を上がるのにずいぶん時間がかかるようになってしまったから。息切れしながら受話器をとって、「もしもし」と言った。「ベシーおばさん？」私はびっくりして「どなた？」と尋ねた。「イレインです」イレインですって、まさか！　手紙を出してからもう二ヵ月もたっていた。思わず、「イレイン、本当にあなたなの？」と聞いてしまった。「そうよ。私よ。おばさんと話がしたいの。会いに行ってもいいかしら？」「も、もちろんよ、いつでもいらっしゃい」

「じゃあ、明日伺うわ。それからおばさん……、からだ、大切にしてね」

受話器を戻す手が震えていた。

聞き間違えたんじゃないかしら？　本当にイレインは、おばさん、からだを大切にしてねなんて言ったのかしら？　手近な椅子に急いで腰をおろし、涙を拭った。

「もう泣いたってかまわないわよね？　今はバスの中じゃないんだから！」誰もいない部屋で大声で叫んだ。そのとき、ネリーがすぐそばにいるように感じた。深く息をつきながらいった。「ほら、姉さん、ぜんぶ聞いてたでしょ？　明日、イレインが訪ねてくるのよ――。

聞こえた、姉さん？　イレインが帰ってくるのよ」

ピンク色の質問　ファビエンヌ・バイエ＝チャールトン

"Twenty Pink Questions" by Fabienne Bayet-Charlton

（佐藤　渉＝訳）

ファビエンヌ・バイエ＝チャールトン (Fabienne Bayet-Charlton)

1970年、南オーストラリア州アデレード生まれ。オーストラリア先住民ブンジャラン族の母とベルギー人の父を持つ。先住民の土地権に関して連邦政府や司法長官に助言を行う政府機関やアボリジナルの法的権利を擁護するNPO法人で働いた経歴を持つ。現在は執筆と子供の養育に力を注ぐ。ボランティアで消防士を勤めたこともある。彼女の2作目となる小説『分水嶺 *Watershed*』(2005)は2006年のヴィクトリア州首相賞（先住民部門）の最終候補に選ばれる。

わたしは彼女をうっとりみつめながら立っている。彼女ははしゃいで、浴槽の中で転げまわっている。火照った肌がピンク色に輝き、真珠のように光る歯が透きとおった歯茎に並んでいる。お尻には小さなえくぼができ、ぴんと伸ばした脚の先では、足指が無意識に動いて実にかわいらしい。これがわたしの娘。わたしが浴槽からよいしょと出ると、彼女が入れかわりにちゃぽんと飛び込んだのだった。湯気は天井を抜けて消えていく。床に張られた、氷のように冷たいタイルの割れ目から立ち昇ってくる湿気た臭いは、いつまでもあたりに漂っている。古い家なのだ。冬の夜にはからだの芯まで冷える。だからタンクにたまったお湯を浴槽に張り、お湯が出なくなる前にできるだけ温まるようにしている。この家は、かつては馬具屋、喫茶店、雑貨屋、鹿の飼育場、りんご倉庫、それに靴屋などだった。幾人もの赤ん坊がこの居間で生まれた。今ではそこにアシュリンのベッドが置かれている。昔の住人は、この浴室で、あるいは他の部屋で死んでいった。わたしを怖がらせようと、この家にまつわる幽霊の話をする人もいた。熱は逃げていってしまうが、この家の過去は細かい塵のように降り積もり、芳香を放って、いつもわたしをほっとさせてくれるのだった。

娘が泡立ったお湯に浸かって、つるつるした泡の滑らかさを楽しんでいる。その姿を見ながら、わたしは皺のできはじめた肌を大ざっぱに拭っていく。膝の裏側と、お尻の割れ目は濡れたままで、フランネルの肌着に慌しく手を伸ばす。

アシュリンは、泡の浮いた湯に息を吹きかけて波紋をつくって遊んでいたが、それをやめると明るい声で言った。「ママ、なにかアボリジニのことばを教えて」

「えっ、なに、ポッサムちゃん？〔オーストラリア・ニューギニアおよび周辺の島々に生息する有袋類の小動物。夜行性で主に樹上で生活する〕」

「なにかアボリジニのことばを教えて」と彼女は同じ調子で繰り返す。

「そうねえ……」わたしはパジャマを手にとって、どちらが上か確かめながら答える。「よく知らないの」

「でもママはアボリジニなんでしょ……ねえ？」彼女は浴槽の中で自由に身をくねらせる。

「ええ……そうよ」

「だったら教えてちょうだい」

「ポッサムちゃん、ママはアボリジニのことばを知らないのよ」とわたしは言い聞かせる。

アシュリンは唇を突き出し、まるで実験でもしているかのようにお湯の中でぷーっと息を吹いてみせる……。「ママのお母さんは教えてくれなかったの？」責めるような口ぶりだ。

「わたしのお母さんも、アボリジニのことばを知らなかったの」とわたしは答える。パジャマの上着をぐいっと引っ張って着る。なぜこんなことを聞くのだろう。

「おばあちゃんは、おばあちゃんのお母さんから教わらなかったの？」アシュリンは訊ねるのをやめようとしない。

「今日、学校でアボリジニのことばについて習ったの？」彼女の気をそらせようと、こちらから質問する。「何かの見学にでも行った？」

「ううん」彼女は陽気に答えて、浴槽の中で手足をバチャバチャやっている。ぽっこりした小さなお腹が石鹸の泡でつやつやしている。質問が続く。

「ママのお母さんは、わたしのおばあちゃん？」とアシュリンは確認する。

「そうよ、わたしのお母さんはあなたのおばあちゃん」

「それじゃ、おばあちゃんのお母さんは、ママのおばあちゃんだよねえ？」

ずいぶん冷静な声だ。話の終わりの語尾がかすかに上がるので、かろうじて五歳だとわかる。わたしは小さなかわいい顔を見つめる。海のように青くきれいな眼が天井を眺めている。まだ幼いのに、世代間のつながりがよくわかっていることに驚かされる。

「おばあちゃんのお母さんはアボリジニだったんでしょ。じゃあ、なんでおばあちゃんにアボリジニのことばを教えてあげなかったの？」知りたがり屋のアシュリンは粘る。のんびり浮いている様子と、矢継早に質問してくる声とがしっくりこない。

「おばあちゃんのお母さんも知らなかったからよ」わたしはため息をつく。膝下まであるショーツをすばやく履き、だぼっとしたパジャマのズボンに手を伸ばす。なぜこんなことを聞くのだろうと不思議に思うが、答えを見つける間もなく次の質問がくる。

「ママ、アボリジニはどうして子供たちを連れてっちゃったの？」

「えっ？」わたしは、はっと息を呑む。浴室の床の上をよろよろしながら、滑って転ばないように注意してズボンに足を通す。

「アボリジニは子供たちを連れてっちゃったのよ。小さな赤ん坊をね」と彼女は辛抱強く説明する。

「誰がそう言ったの?」

「誰も」彼女はぬるくなったお湯につかって、まだパチャパチャやっている。

「ポッサムちゃん、うーんとね……アボリジニがキッズを連れ去ったわけじゃないのよ。ちょっと違っているみたい。キッズを連れていかれたのは、アボリジニの方なのよ」

「キッズ」ということばを使ったのが、私の方だったことに気づく。五歳の娘はさっきまで「子供たち」という語を使っていたが、さっそくわたしのことばを真似てこう訊ねる。

「じゃあ誰がキッズを連れてっちゃったの?」タイルの上に素足で立っているので足が凍え始めている。わたしはしかめ面になっている。スリッパはどこだろう。何かシンプルな答えをひねり出そうとした。

「政府よ」とわたしは答える。短く、すばやく、きっぱりと。わたしは次の質問を待ち受ける。「政府ってなに?」という質問がくるだろうと思ったのだ。ところがアシュリンは浴槽の中に座り、物知り顔にうなずいてこの説明を受け入れる。この子は「政府」がなんだか知っているのかしら。どうも知っているみたいだけれど。

「なぜ政府はキッズを連れてっちゃったの?」

まったく、なぜこんなことを聞くのだろう。「子供たちの肌の色がお母さんたちのと違っていたからよ」わたしにはそれが説明の糸口にすらなっていないことがわかっていた。わたしは彼女が理解しやすいよう、なるたけ簡単で初歩的な説明をしようとしている。

「本当?」と彼女は言って、整った顔をわたしに向ける。茶色の眉と愛らしいバラ色の唇が目に入る。

お風呂の湯気で、あの子の額にVの字が浮かび上がる。赤い幅広の矢印の先端が、眉のあいだにかかっている。それはお産のときに頭が骨盤にひっかかってできた痕だった。出てこられないので、いったん子宮に押し戻し、帝王切開して取り上げなければならなかった。今ではからだが熱くなったときや動揺したときにだけ、赤い染みが浮かんだ。わたしはじっと見つめている……。

「わたしとママが違うみたいに?」と彼女は言う。

「そうよ。あなたの肌がピンク色で、わたしの肌は——もっと茶色がかっているみたいにね。それにわたしの髪が茶色で、あなたの髪がブロンドっていう具合に」

「そうなんだ」彼女は眼を見ひらく。理解したしるしだろうか。「おばあちゃんはとっても茶色いよね」とアシュリンは訊ねる。

「ええ、まあそうね。あなたやわたしと較べればね、たぶん」

こんなふうに肌の色の濃淡を取り上げてあれこれいうのは、あまりいい気分がしなかった。どうしてあなたは赤ちゃんのときみたいに、色の区別ができないままでいてくれなかったの、と心の中で叫ぶ。せめてもう少し長く……。

「ママはおばあちゃんから引き離されたの?」と彼女は訊ねる。

「いいえ」いつしか腕組みをしている自分に気づく。

「ママはアボリジニなのに？」

「そうねえ、ママが子供の頃には政府はもうやめていたの」

「赤ちゃんとかキッズとかを連れてっちゃうこと？」

「まあ、そんなところね」とわたしは自信なさげに答える。わたしは浴槽の中に座っているあの子の、小さなピンク色の乳首から目が離せない。やがて成熟して、わたしのと同じように、大きな茶色のペニー銅貨みたいになるのかしら。子供を産んだらそうなるだろう、いずれは。

「おばあちゃんは、おばあちゃんのお母さんのところから連れていかれたの？」アシュリンはさらに突っ込んだ質問をする。

「さあ、もうあがりなさい。タオルを温めておくから」とわたしは言う。

「ねえ、連れていかれたの？」彼女はしつこく繰り返す。

「いいえ」

「なぜ？」とあの子が訊ねる。

泣きたくなるのはなぜだろう。

「おばあちゃんは、おばあちゃんのお母さんより肌が黒かったからよ」

「ママのおばあちゃんよりわたしのおばあちゃんのほうが黒かったの？　なぜ？」

それを理解するにはあなたはまだ幼すぎる、とわたしはあの子に言いたかったのだが、そのかわりにもう一度訊ねる。「なんでそんな質問をするの？　ポッサム・ブロッサムちゃん〔ブロッサムは英語で「花」の意〕、どうして？」

わたしはもう彼女の美しい顔を見ることができない。ポッサム・ブロッサムというのはあの子につけた愛称だった。なぜなら彼女は、わたしの人生にそえられた美しい異国風の花のようなもので、おまけにほとんど夜行性だったからだ。彼女が生まれた日から、わたしは慢性的な睡眠不足に悩まされてきた。

「わたし、どこかに連れていかれたりしないわよね。そうでしょ、ママ？」

「ええ」とわたしは答える。思いのほか、声が鋭くなってしまう。

「もしそんなことしようとしたら、その人たちを思いっきり蹴飛ばしてやる」とアシュリンは言い放つ。わたしはあの子の棒切れみたいな腕や、ニワトリみたいなピンク色の脚に目をやる。お湯に長く浸かっていたので、足指の皮膚はティッシュペーパーをくしゃくしゃにしたみたいになっている。

「そうね、ママもそうしてやるわ」とわたしは言う。

わたしはいちばんふわふわのタオルを取って、彼女に声を掛ける。「これ、温めておくね、ポッサムちゃん。暖炉のそばに掛けてくるわ。すぐに戻るから」わたしは把手をつかみ、後ろ手にドアをパタンと閉める。アシュリンがまた、ざぶんとお湯にもぐるのが聞こえた。

ほんの五分の間に、娘はわたしの心の縫い目をほどいて、中にしまっていたものをひきずり出してしまった。わたしはぎごちない足取りで夫のところまで歩いていき、タオルを渡す。あの子の質問に正しく答えるには、どこから始めればよいのだろう。何かをやり損ねたような気がするが、それが何かはよくわからない。手に負えない仕事だ。ピンク色のあの子をタオルで包み、いつまでも抱きしめていたい。でもわたしには再び浴室へ向かう勇気がない。過去について筋道立てて説明しきることもできない。説明できない理由さえわからない。

あの子の鼻歌が聞こえる。自分でアレンジした歌だ。「きらきら光る夜空の星よ、おやすみ赤ちゃん、あの空高く！」

鈴のような高い声が、浴室から家中に軽やかに響きわたっていく。細かい塵となった過去と混ざりあい、あらゆるひびに潜りこみ、床下のくたびれ果てた地面から立ち昇る湿気に溶けこんでいく。

わたしは自分が授かった貴重な贈り物に目を見張り、一方で特異な歴史がもたらす恐怖に立ち会っている。わたしたちはしばしば、政府の気まぐれな政策になす術もなく翻弄される。今は許せると思っていることでも、十年たてば許せないことになっているかもしれない。わたしたちが今こうして有刺鉄線の外側にいるのは、ただ運がいいだけ。それがこの混沌とした世界を説明する、たったひとつの理屈だ。娘がわたしの説明を受け入れたことで、なぜわたしはこんなに怯えているのだろう。でも、彼女は言った。連れ去ろうとする人がいたら思い切り蹴飛ばしてやる、と。何よりもこのことばが、現在苦しんでいるわたしたち母親を過去と結びつけ、わたしに涙を流させるのだ。

捕獲　キム・スコット

"Capture" by Kim Scott

（下楠昌哉＝訳）

キム・スコット (Kim Scott)

1957年にパースにて、ニウンガー(オーストラリア南西部に住むアボリジニ)の父と白人の母の間に生まれる。中等学校の英語教員になってすぐ、執筆活動を開始。長編小説を二冊、児童文学を一冊出版し、各種アンソロジーに詩や短編小説を発表している。処女長編である自伝的な作品、『トゥルー・カントリー *True Country*』(1993)は、フランス語に翻訳されている。長編第二作の『ベナン *Benang*』は、1999年に西オーストラリア州首相文学賞を受賞。2000年には、この作品で、オーストラリアで最も権威のある文学賞、マイルズ・フランクリン文学賞を受賞。スコットは、同賞受賞の最初のアボリジニ作家となった。『ベナン』にはフランス語訳とオランダ語訳がある。最新作の『カヤンと私 *Kayang and Me*』(2005)は、ニウンガーの長老の女性、ヘイゼル・ブラウンとの共作。カヤンは「おばさん」という意味のアボリジニの言葉。ニウンガーと家族の歴史を、口承の物語を基に紡ぎ出した記念碑的な作品である。

彼らが生け捕りにしたものは、いったいなんだったのだろう？　エネルギーのきらめき、小さなつむじ風、砂塵を巻き上げる竜巻みたいにはじめは見えた。それは、小屋のすぐ外にほうってあるトランプ用のテーブルの周りで跳ね回っていた。

それから……きっと動きを止めたのだ。なぜなら、何かがすっくと立っているのが見えたから。子供ぐらいの大きさの、奇妙な毛皮に覆われた、何か。毛皮が腹や四肢にくっついている様子から、観察者たちは溺れかけた猫を思い起こした。

しかし、それは猫ではなかった。

ふたりは生き物をつかもうとした。ところが狭い場所なのに、すばやく身をかわして手を払いのけた。ふたりには、ほとんど目もくれなかった。注意の矛先は自分の身体の一部を映す、テーブルの上に置かれた小さな鏡に向けられていた。

観察者の男のほうが網を投げた。彼が捕まえようとした獲物は、投げかけられた網をひょいとよけると空中でひっつかみ、きちんと折りたたまれた包みみたいに投げ返してきた。

ふたりは見つめているしかなかった。生き物が彼らの存在を無視するように、ダンス、ダンス、ダンスするのを。そうしているうちに、ようやくそれは蹴つまずいて動きを止め、息を切らして身体を揺り動かしながら、ふたりのほうをまともに見返した。

それから雨水タンクにぐったりともたれかかると、背骨でトタン板をガタガタいわせながら、地面に滑り落ちた。男と女は一瞬ためらったが、いっせいに飛びかかった。彼らはそれに縄をかけ、袋詰めにした。

「母さんのところに子供たちを迎えにゆく前に、この家に慣らしておきましょう」女のほうが提案した。「そのほうがいいわ」

彼女の研究対象である小動物は、捕食者から逃れるために子供を捨てさえするという。彼女の母親としての本能は、それに類するような振る舞いを促すことがあり、おかげで彼女の母、つまりおばあちゃんはかなり滅入っていた。もっともそれ以上に、子供たちのほうが不自由をしていたのだが。

ふたりの観察者について説明しよう。すなわち、捕獲者たちを。

彼らが通常用《もち》いる記述様式にならうと、ふたりは「単婚状態で、生存期間にわたる諸関係を構築している。」こんな具合に書くことが、調査とたゆまぬ努力と決意——成功するために必須の要素だ——に結びつき、彼らに名声をもたらした。オーストラリア南西部の動植物相の研究者で、ピーターとコーリーのヌーナン夫妻の名を知らぬ者はいなかった。

捕まえて計測はしたがまだ命名していないこの生命体のことを、誰かに知らせるなど思いもよらなかった。正気を疑わせるほど興奮しており、自信もなかったからだ。もっとよく事態を把握して、首尾よくやらなくては。

ピーターとコーリーも、多くのオーストラリア人たちと同じように、さらに深く祖国に根を下ろしたいと思っていた。この生物《せいぶつ》に関する詳細な知識は、知的で学識ある市民である彼らと、この土地の結びつきを強固なものにするだろう。この地の光と空気と大地に、よりいっそう溶け込むのだ。

コーリーにとっては、子供たちに傷つけられた自分のキャリアをやり直すチャンスだった。そう口にしたわけではなく、子供たちがきらいなわけでもない。早いうちから、母親という役割には情熱を傾けられない、と気づいてしまっただけだ。長男は十歳で、娘は小学校に行き出したばかりだった。ふたりの間に次男坊がいたが、これがまた手がかかる子で、コーリーは自分の時間を失い、精力を使い果たした。

生物学上、彼女はもちろん女である。ただ何よりも、自らが生きた証《あかし》をこの世に残すことに執着していた。子供のために尽くすだけの人生では、満たされなかった。そう、満たされなかったのだ。

コーリーは確信していた――彼女のなで肩と猫背がまぎれもなく語っているように――わたしは重荷を背負いすぎているのだ、と。それでも彼女は軽快に動いた。まるで何か、餌食となるものを密かに追っているように。あたりを舐めるように見回して、鼻をひくひくさせ、家や庭をうろうろした。子供たちを、ただ怒らせるためだけにからかうこともあった。何かやることが欲しかったからだ。子供たちを落ち着かせてから教育だ。鋭い歯を見せて微笑み、あんたらはあたしに注目しなきゃだめなのよ、とわからせた。夜になると、書斎にちらばった書類の上で丸まって眠りに落ちた。

コーリーとピーターは、大学生のときに出会った。ロマンスが始まったのは、国立公園だった。縛られ、薬でぼーっとさせられ、横たえられている生き物の棲み処とおそらく同じ場所だ。

そのころのピーターは、固有種の植物や種子を採取することで、なんとか生計を立てていた。もっとも、必要なものはすでに全部そろっていた。養樹場、事務所、家、裏庭、小屋。なすべき作業と情熱もあった。ゆっくりと確実に、成果はあらわれた。多種多様で珍しい植物の繁茂する場所と栽培方法の知識を活かし、彼はコンサルタントの職を得た。

野心があったかって？　当たり前。勤勉だったかって？　そのとおり。

いっぽうでコーリーは、一番下の子供が学校に行き出したので、ようやく研究に没頭できるようになった。論文のテーマは以前熱心に取り組んでいた絶滅危惧種の小動物についてで、表題は『帰ってきたアシビロフクロジネズミ』と、B級ホラー映画をもじって冗談交じりにつけていた。ところが、コーリーの情熱は空回りに終わる。研究再開とほとんど時を同じくして第二の群れが発見され、絶滅のおそれはなくなってしまったからだ。題材を別のものに変えてみようか。バイオテクノロジーなんてどうかしら……。けれど大学は、ちょっと前に考えていたほど自分のキャリアにふさわしいものではなさそうだ。予算は削減されているし、研究費をどこかから得るために絶えず頭を痛めなくてはならないし。

ピーターとわたしに必要なのは、もっと積極的にビジネスに打ってでること。でも、まずは論文を仕上げないと。

というわけで、ふたりは国立公園の片隅にあるピーターの研究所――といっても差し掛け小屋付きの粗末な鉄の倉庫にすぎなかったが――に留まっていた。ピーターはよく、雨水タンクの横に座って朝日で日向ぼっこをしながら、カップのお茶から立ちのぼる湯気を見つめた。子供たちはコーリーの母親に預けられていて、コーリー本人は調査結果をまとめているところだった。すでに興味を失いかけ、悲観的になってはいたが、まだ研究は続けていた。ピーターは彼女のために、アシビロフクロジネズミを捕えるための罠を仕掛けるのを手伝っていた。

そして、あるとき小屋に戻ってみると、特異で小さな生き物が、折りたたみ式のトランプテーブルの周りで踊っていたのだった。

〝捕獲〟は予期せぬ出来事だった。確かに罠を仕掛けてはいたが、狙っていたのは研究用の別の動物だった。めったに姿を現さず逃げ足の速い、温血の固有種を捕まえようとしていたのだ。

捕まえたものは、原人のように見えた。人間にどこか似ている。本当のところ、なんだかわからなかった。しかし、これだけは確かだった。健康ではない。どんな未熟な観察者でも――このときの夫妻のように手早く観察の段取りを整えてしまう人はなおさら――鼻腔や唇のひび割れから、血や粘液がにじみ出ているのに気づいただろう。

瞼《まぶた》がしばたいて、ぎょっとするほど鮮やかな赤い色の瞳が露わになり、濁った膜でくもってはいたが、観察者たちをまっすぐに見返した。というより、見ているようだった。生き物は観察の必要上、失神させられていたからだ。

すでに、生き物の写真が壁に数葉貼られていた。顔写真、クローズアップ、床で手足を伸ばさせた写真、テーブルに縛り付けられた写真。

横たえてみると、何やら小さな子供のようにも見えた。身体は細かな毛で覆われているようだ。足の裏を除いて。いや、足の裏と……手の平を除いては。生き物の前足はまるで人間の手のようで、それが手であることは認めざるを得なかった。人の手と違うところは、毛で覆われていることだ。

ところが観察者は間もなく、生き物の身体を覆うものが体毛でも毛皮でもないことに気づいた。皮膚そのものだ。表面が粉をふき、ささくれて、細かな糸状になっていたのだ。表皮が剥けたばかりのところは柔らかで青白く、滑らかで「無毛」だった。全体として、皮膚はカユプテの木の樹皮を思わせた。カユプテ、学名メラレウカ・クチクラリス。この表皮の特徴に関しては、頭部が特に際立っていた。毛のような細い筋が、額の中央と頭頂部から渦を巻くように伸びており、ふたつの筋の流れはこめかみあたりで合わさって、固い束になって逆立っていた。前頭のあたりが一番薄く、顎と咽喉のあたりはふさふさしていた。今は閉じられている特徴的な目の上に、眉毛のように弧を描いて毛が濃くなっているところがあった。薄い皮を持つ鼻腔は、穏やかに呼吸をするたびに拡がって震えた。

「体毛」は、生殖器周辺や、腋の下、胸、背中にも生えていた。

いったいなんなのだろう。あの「柔毛」を考えると植物だと考えたくもなるが、そんなはずはない。猿の一種か？　オーストラリアに類人猿はいない。有袋類でもない。

歯をあらためる。数や種類からいったら人間のものに似ており、素晴らしく白かった。唇の可動域は大きく、表現力があるだろう。

生殖器は？　男と女はそれを調べ、うなずきあった。生殖器は、人間の成人のものだ。

観察者たちの意見は一致した。この驚くべき生命体を生かしておくだけでなく、命名し、分類し、できることなら繁殖させる使命がわれわれにはある。この生命体を絶滅と忘却から救い出した今、再び繁殖する手助けをするのだ。その過程は、全て記録されるだろう。

観察者たちは生き物の大きさを測定し、重さを量り、唇をまくって歯を検査し、さらに柔毛と手と脚と生殖器を調べながら、興奮して話し続けた。この生き物を放置しておけるわけがない。ひととおり終了すると、すぐさま一から全体を調べ直し始めた。確認をしなくては。

彼らはすっかり我を忘れ、至福のときを過ごしていた。

〝捕獲〟はコーリーの博士論文を刺激しただけでなく、ピーターを生き生きとさせた。縛り上げた生き物を後ろに乗せて夜中に車を走らせながら、静まり返ってこちらを注視している聴衆に向かって演台から語りかける自分を想像した。傍らに立つ生き物は不安げに聴衆に目をやり、彼のことは感謝の念を込めて見つめるのだ。

ピーターは、ワークショップの仕切り屋として定評があった。専門分野を熟知しており、進行役というよりは、個性とエネルギーで聴衆を引っ張ってゆく。聴衆の様子に気を配り、さわりのところはたいてい慎重にやる。聴衆の興味や参加目的が確認できたら、強い意志の力と気のきいたジョークをまくしたてることで、その場を圧倒してしまう。

彼は、腕がちぎれんばかりに熱烈な握手をした。おかげで振り回された相手は、足が宙に浮いてしまうほどだった。むさくるしく頑健、ブッシュに住む人間であることがはっきりわかる、アクーブラのつば広帽子、ウィリアムズのブーツ、ハード・ヤカとキング・ジーの服を着た彼の印象は、目がくらんでおぼろげなものになりがちだった。

運転しながらピーターは、自分が身につけている衣料品メーカーのそれぞれとコンタクトをとろう、と頭の中でメモした。おそらく、何らかのかたちでスポンサーについてくれるだろう。

ピーターは何も、猿回しよろしく生き物を利用して金儲けをしようとしたわけではない。彼はコーリーと同様、土地とのつながりの重要性を理解していた。固有の動植物相の研究をすることで、いかに帰属すべきかについて多くを悟っていた。彼のいつものセリフを借りれば、環境の歴史を通じてわれわれは時間の深みに到達し、連続性を発見しうる。単なる植民者以上の存在となることができる。それは、アイデンティティに関わる問題なのだ。

彼は理想主義者などではない。実用主義者《プラグマティスト》のピーターと呼んだほうがましなくらいだ。彼はDNA特許の可能性を理解していたし、さらには……とにかく、もろもろ全部わかっていた。彼が発見した生き物は、計り知れない学術的価値を持つだろう。科学雑誌が取り上げるにふさわしい。俗なメディアにはうってつけだろう。

ピーターとコーリーは、生き物を生息地に返すつもりだった。議論の余地がないくらい当たり前のことだった。間もなく返してやれるだろうが、まだできない。病気の生き物には助けが必要だ。回復させてやらねば。

正体を解明しなくてはならない。こんな生き物が、かつて文書で報告されたことはなかった——間違いなくなかったのだ！

笑い出さずにはいられなかった。

ピーターとコーリーは適任者だった。そもそも、発見したのは彼らなのだ。いずれ彼らの名が付《ふ》されることになるだろう。ペトコ？　コーペット？　こういった些事の決定は、全部後回しになっていた。彼らの判断は賢明だ。

自分たちの発見を決して口外しないこともまた、暗黙のうちに了解されていた。今はまだそのときではない。嫉妬深く猜疑心の強い彼らは隠密裏に事を進めるのに長けており、生き物を隠すのにぴったりの設備を持っていた。ピーターは、やり手実業家のように固有の動植物相に関わっていたし、コーリーは、的を絞って勤勉な研究活動を続けてきた。そのふたりの家と裏庭は、まるでこの事態のためだけにあつらえたかのようだった。

今が、千載一遇のチャンスなのだ。

コーリーは、裸足でそっとキッチンに入っていった。歯を磨いていても、頬が緩みっぱなしだ。今朝同じベッドで目覚めたお相手は〝ごきげん〟そのものだった。こんなににやけ続けていたら、夕方には筋肉痛になりそうだ。そう思ったから、ほんの一瞬だけ鏡の中の自分の表情が曇ったのだ。全部、このにんまり顔のせいだ。

確かに、いつもと違う朝だった。

顔はにやけていたが、いらいらがおさまらなかった。シリアルをボウルに入れ、牛乳をカップに注ぎ、トーストを焼いて、子供たちの身支度を整える。騒がしい子供たちを叱りつけながら、朝の雑事を一気に終えようとした。裏口は固く閉ざされていた。コーリーは、キッチンの窓の向こうの、高いフェンスの内側を覗き込み、家の裏手のさらに奥まった小屋の中に意識を向ける。固有種の動物が放し飼いにされるので、子供たちは、家の裏手のフェンスに囲まれた場所に入ることは禁じられていた。そこはフロンティアの領域。ピーターは、あちら側にいる。コーリーは、彼のところに行きたくてたまらない。

彼女は子供たちを車に追いたて、学校へ送っていった。子供たちを降ろし、走り去ろうとアクセルを踏みこむと、タイヤが悲鳴をあげた。近くにいたよその子供たちが歓声をあげる。この一件でコーリーの子供たちは同級生の間で注目の的になるのだが、そんなことはどうでもよかった。コーリーの心はすでに裏庭にあった。

実のところ、ピーターとコーリーの家の裏手にあるものは、「裏庭」どころではない。小屋を自らの手で建て、裏庭を念入りに造り上げる伝統の系譜の下に、彼らは生まれてきた。がっちりとフェンスに囲われた彼らの「裏庭」は、鳥獣保護区に匹敵した。裏庭に入るには、ファイル保管用のキャビネット、コンピュータ、書籍と雑誌でいっぱいの本棚にホワイトボードが並ぶ事務所を抜けなければならなかった。ピーターは、オーストラリア南西部の動植物相を熱狂的に研究した先達の、稀代の収集家にして賞賛者だった。グールド、ホール、ドラモンド、サーヴァンティらのあらゆる本はおろか、メモの写しまでもが所狭しと並んでいた。

事務所の奥は無脊椎小動物の標本展示室だったが、今では倉庫と化していた。棚にはさまざまな絶滅危惧種あるいは絶滅種の剥製標本が、さかさまになったり落っこちかかったりしながら無造作に詰め込まれていた。ほとんどの剥製が、毛皮や羽毛、歯の一部を欠いていた。埃をかぶった無数のガラスの眼には、喪失と敗北と混乱が、奇妙に浮かび上がっていた。

説明書きのラベルが付けられたものもあった。

ドロマリウス・ノヴィーホランディエ、エミューの一種。羽は埃で覆われ、長い首は劣悪な保存状態のために萎《しお》れ始めていた。剥き出しのガラスの眼は、瞼を閉じて全てを終わりにさせてくれと訴えかけていた。

カリノブス・ゴウルディイー、コウモリ、なのだが、こちらも保存状態がよくなかった。醜くひからびた鼠と乾いて縮んだガーデニング用の軍手をくっつけたような有様だった。天井から細い糸でぶら下げられている。

ブリーヌス・グララーリウス、ダイシャクシギ。棚に載せられ、長い足でバランスを取っている。狭いながらも自分だけの空間を持っている。警戒態勢を取って、ドアが開くやいなや、外に逃げ出そうと身構えているように見える。

ネオフォーカ・キネラ、アシカ。間に合わせの骨格のせいで、乾いて埃をかぶった毛皮がだぶだぶに垂れ下がっている。

パランティーキヌス・アピカリス、アシビロフクロジネズミ。説明書きは厳《おごそ》かに告げている。多くのオスのアシビロフクロジネズミが、交尾期間の終了後一週間以内に、ストレスにより死亡する。

ここのアシビロフクロジネズミは、好奇心を示しながらも抜け目なく何かに接近をはかろうとする格好で剥製になっている。なかなかの風格なのだが、より大型の有袋類の山に紛れてしまっている。

さらに続く。

アナホリネズミカンガルー（山積み）

フクロトビネズミ（山積み）

カオビロポットルー（山積み）

テイマー。絶滅同然の小型カンガルー……。なんとさまざまな有袋動物と哺乳動物、ヘビにオオトカゲがいることか。胴体、嘴、四肢、鉤爪、紐にラベルといろんな細かい物が積み上がり、クサムラツカツクリがブッシュに作る塚のようになっていた。どこか下のほうには、クサムラツカツクリが本当にいた。もちろん剥製にされてしまってはいたが。

ガラスの眼を入れられた剥製の多くは骨格すらないこともあったが、唯一その種に残された存在だった。ばらばらになった記憶、ぼそぼそと口伝えにされる言葉、頭の中で寂しく消えてゆくイメージを別にすれば。

そして、昔の博物学者の覚書（射殺され、皮を剥がれ、海に戻されたアシカに言及していたり、巣から略奪されたひな鳥の解剖についての記述に加え、どれほど美味であるか率直に説明されていたりする）が、現代人には繊細さを欠くように思われるのと同じように、この展示室にも何かが欠けていた。

生命、だろうか？

ピーターは、ある種の「美学」の欠如と言うだろう。そのうえで、自分がその点には明るくないことをすすんで認めただろう。

展示室、事務所、倉庫、さらに大きな建物があり、中のいたるところに感光板、ベンチ、道具棚、釘入れ、ペンキ缶が置かれていた。オーストラリア南西部、特に沿岸地帯特有の植物見本を多数植えた養樹場は、おかしな形をした民芸風の回転木戸（ピーターの凝りすぎの日曜大工）を通り抜けて、フェンスで猫除けをした裏庭まではみ出ていた。「固有種」とラベルを付けられた、多くの植物が育てられている。植生はさまざまで、砂漠からヒースの荒地、ユーカリの一種のやぶ、さらには森と言ってよいほど木が生えている地域にまで及んでいた。森林地帯の一歩手前である。ごちゃごちゃと繁茂した、弾力のありそうな植物がからまり合って球状になり、花崗岩の塊を縁取っていた。もっとスペースがあったら、広大なユーカリの雑木林になっていたかもしれない。いろいろなアカシア、背の低いバンクシアが数種、ペパーミント、活力みなぎって聳え立つユーカリの一種が一本。三本の背の低いカユプテの木が傾きながら、灰色の丸い水溜りの周りに立っていた。海岸に地を這うように生えるメセンブリアンテマの固有種のひとつが、ずんぐりとした指状のたくさんの葉を、フェンスの脇の道端まで伸ばしていた。

バルガの木もあった。いわゆるススキノキ（ザンソローエア・プレイシイー）で、大きさから判断するに樹齢数百年はあるに違いなかったが、移植されていた。

移植の憂き目にあっていたのは、一本ではなかった。

ピーターとコーリーの家の敷地には、事務所、養樹場、そして西オーストラリア南岸産の絶滅危倶種の動物たちにふさわしいミニチュアの生息環境があった。

　前の晩、ピーターとコーリーは、バルガの木と花崗岩のそばにある小さな檻の中に、生き物を放した。バルガの木と花崗岩の陰に隠れることで、落ち着いてくれないかと思ったのだ。コーリーは、バルガのてっぺんが切り落とされ、少しはなれたところに落ちているのを見つけた。ピーターは彼女に背を向けて屈みこみ、小さな焚き火の跡を調べていた。生き物は、どこにもいなかった。

　コーリーの足音に驚いて慌てて振り返ったピーターは、不安げな表情を浮かべながら弱々しく微笑んだ。

「どこにいるの？」

　ピーターは、バルガの折れた枝と火の跡、花崗岩の間の柔らかい土に掘られた穴へと続く足跡を指し示した。

「そこの奥を掘り進んでいるんじゃないかな」

「引っ張り出さなきゃ。そんなに深く潜り込んだら……」

「逃げ出すことは不可能さ。フェンスは地中深く張ってあるから、掘り進んでも脱出できないよ」

「あれが何なのか、さっぱりわかっていないのよ、ピーター。今失うわけにはいかないわ」

「なら、掘るとしようか」

　ピーターとコーリーは突然煙に巻かれ、互いを見失った。バルガの木から大波のように煙が押し寄せてきたとわかったのは、後になってからだ。咳き込み、視界が遮られる中、慌てふためきながらフェンスのところまで這ってゆくと、押し寄せてきたときと同じくらい急に、煙がはれた。涙がどっと溢れ、再び呼吸ができることに安堵しながら助け合って立ち上がり、あっけなく燃え落ちた木を調べた。

「キャンプ・ファイアの跡から火がくすぶり出したに違いないな」わずかに残った灰の山を調べながら、ピーターは言った。

「それから風よ」コーリーが補足した。この不可解な現象を、ワークショップ形式で解決しようというのだ。「風が火を大きくしたに違いないわ」

彼らは、焼け焦げた木片のねばねばしたところを指で延ばした。「よく焼けてる」

「ずいぶん早く火が消えたな」

「おかげで助かったわ」

「ああ、おかげで助かった」

「こんなことにはなったけど、彼を何としても掘り出さなきゃ」コーリーは言って、小屋へシャベルを取りに行った。

数分後、ピーターは、コーリーが自分を呼ぶ声を聞いた。さらにもう一度。

「今はだめだよ、コーリー。やれやれ」しかし彼女が呼び続けるので、彼は彼女の元へ向かった。おかしい。叫び続けているくせに、ぴくりともせず立ち尽くしている。しかも背を向けたままだ。コーリーのわきの下から、あの生き物の燃え上がるような目が見えた。コーリーの手首をつかんで、腕を捻じりあげている。

「中で待ち伏せしていたの、隠れていたのよ」ピーターの声に応えて、コーリーは言った。しかし、彼のほうには向けない。「痛いわ、やめさせて」

生き物の顔は——黄色い膿で汚れ、目はかすんでくもっていたが——前日とは似ても似つかなかった。呼吸はゆっくりとして荒々しく、何かわけのわからないことをぶつぶつ言っていた。とそのとき、ピーターとコーリーは、どちらかが発したかと思うほどに、恐ろしくはっきりと耳にした。「俺たちをほっといてくれ」まるでこだまのように響く、複数の異なる声が続く。「お願いだ」「聞いてくれ」

生き物はコーリーの腕を力まかせに引っ張り、彼女を跪《ひざまづ》かせた。ピーターは、彼女の身体越しに腕を突き出して生き物の首をひっつかみ、コーリーの肩越しに放り投げた。

コーリーが落ち着きを取り戻し、やっとの思いで振り向くと、生き物がピーターを組み敷いて、胸の上に座っているのが見えた。ピーターは口から泡を吹き、足をバタバタさせていた。彼女は生き物の頭めがけて、シャベルを振り下ろした。

ピーターとコーリーは意識を失った生き物に目をやり、見つめ合った。ほんの一瞬見えたのは、未知の生物《せいぶつ》などではなく、泥の中に叩き伏せられた連れ合いの姿だった。ふたりとも、自分が目にしたものは口にしなかった。さっき耳にした言葉も黙っていた。身体についた泥を払い落としながら、忘れてしまうことにした。幻想なのだ。頭の中だけで見聞きした、空想の産物にすぎない。

生き物が身じろぎをしたので、すぐさまふたりで縛り上げた。意識を回復してまた襲いかかられてはことだし、自傷されても困る。

それが意識を取り戻す前に、もっとましな鎮静剤を準備しなくては。

舌《タン》の寓話　マーリンダ・ボビス

"An Earnest Parable" by Merlinda Bobis

（有満保江＝訳）

マーリンダ・ボビス（Merlinda Bobis）

1958年、フィリピンに生まれる。マニラの二つの大学を卒業後、オーストラリアのウーロンゴン大学よりクリエイティヴ・アーツの博士号を取得、現在は同大学においてクリエイティヴ・ライティングの講師を勤める。自身がダンサー、ヴィジュアル・アーティストとしても活躍する。マーリンダ・ボビスの著作には、小説、短編小説、詩、ドラマなどがある。作品にはフィリピン語と英語の二言語によるものがあり、それらの内容は、フィリピンの伝統文化と彼女の移民としての経験を統合させたものが多い。ドラマは、オーストラリア、フィリピン、フランス、中国、タイ、スロバキアなどの国ぐにの舞台で演じられ、またラジオでも放送されている。ドラマ『リタの子守唄*Rita's Lullaby*』(1998)、小説『白いタートルネック*White Turtle*』(1999) など、文学賞の受賞作品が多数ある。最近では『バナナ・ハート・サマー *Banana Heart Summer*』(2005) がフィリピンのゴールデン・ブック賞を受賞している。

その日は、彼が舌《タン》を引き渡す番だった。朝食に舌ざわりのいいラティック〔ココナツミルクで炊いたもち米〕と、熟した大きなマンゴーを食べた。それから小夜曲《セレナーデ》を二曲歌った。愛の歌とフィリピンの火山を讃える歌だ。彼はこのときとばかりに舌をフルに使って食べ物を味わい、心をこめて歌いあげた。というのも、一時間もすればお隣のスリランカ人が、次はわたしの番だと待ちきれない様子で、舌を受け取りに玄関先にやってくるからだ。彼女はすでにパパダムス〔インディアン・カリーとともに供される薄い円板状の食べ物〕と激辛カリーの夢を見ているにちがいない。そのカリーは、彼女のお国なまりほど強烈なスパイスを効かせてはいなかったが、そのなまりでさえ、彼女が待ち焦がれた舌にかかるとすぐに溶けてなくなってしまうだろう。これが、彼らの共有する舌なのだ。

その舌はベッセル通りの人びとの、もっとも大切な所有物だった。先週はイタリア人の肉屋に泊まった。肉屋はその前に、オーストラリア人夫婦から舌を渡されていた。肉屋は時間をむだにしない。すぐさま、前の持ち主が味わったステーキと胡椒の実の味を、自分の口のなかの柔らかいピンク色の肉の塊で確かめた。それから妻と三人の娘たちと鏡の前にかけより、数週間ぶりに口を開いてことばを話しはじめた。「ベリシマ《美しい》、ベリシマ《美しい》！」。まるで動物のように動くピンク色の舌が、その先端をどんなふうに口蓋に当て、おなじみのあの巻き舌で――「ベルルルーイシマ……」と発音するかを家族じゅうで観察し、驚きの声をあげた。それから家族は順番に、その舌を使って祖国のことばを発音し、自家製のパスタにピリッとスパイスを効かせたマリナーラ・ソースをからめて食べた。

ベッセル通りの住人たちは、舌でつながった親類みたいなものだった。ピンク色の肉の塊が通りを行き交い、家のなかに入り、違うことばを話す人の口のなかに入っていった。通りには、トルコ出身のパン屋、フィリピン人の料理人、オーストラリア人の魚屋夫婦、イタリア人の肉屋、それにスリランカ人の仕立て屋が住んでいた。

五つの家族にひとつの舌。といってもそれほど不便ではない。もちろん、その舌が別の家にいるときには、いつもの口のなかの心地よい感触を味わいながら食事をすることはできなかったけれど。しかし耳の心地よさが充分にそれを補ってくれた。舌を使う人が出す音はすべて、とくに意味不明な騒音として聞こえてくる外国語はそうなのだが、聴く者それぞれの中耳のなかでうまく組み合わされて、なじみのある癒しの音となって聞こえてくるようだった。これは当然といえば当然だ。というのも、舌を引き渡して話せないときには、話したり歌ったりするチャンスのある人たちの声を、それが誰の声であろうと、耳を傾けるという術《すべ》を熱心に学んだからだった。そんなときにはたいてい、彼らが美しくやさしいことばで、どんな風に話をし、歌を歌い、また物語を語っているのかを学ぶのだった。話をする時間はとても貴重で、ぞんざいで心のこもらないおしゃべりに浪費されるなんてとんでもないことだった。口のなかの小さなピンク色の生き物が、その力を充分に発揮できないのは、彼らにとって耐えがたいことだった。

このように、ベッセル通りの誰もが注意深く情熱をもって話をし、食べ、聞き、いろいろな言語を共有し、ごちそうを分かち合った。たとえば先週は、イタリア語の「ベラ《美しい》」という単語がトルコ語の短い歌のなかに繰り返し使われ、これを聞いたオーストラリア人の肉屋がひらめいて、これをそのまま店の名前にしてしまった。魚屋はイタリア人の魚屋にマリナーラ・ソースに入れるムール貝を提供し、そのマリナーラ・ソースはフィリピン人シェフの台所へとしのびこんだ。フィリピン人シェフの台所ではマリナーラ・ソースはディオス・マバロス《神に感謝》といって歓迎され、たっぷりのココナツクリームが加えられた。さらにそれに赤とうがらしが加えられ、スリランカ人の仕立て屋も納得するパンチの効いた味に仕上がった。やがてその料理はトルコ人のパン屋が作るピデス〔トルコ風パン〕と共に供され、復活を果たしたのである。

たしかに、舌を所有する日になると、隣人たちは前の所有者の口真似をせざるをえなかった。結局、イタリア人の家族は、カルダモン・ティー〔インド・マレー原産の植物で、香辛料として使われる実で作ったティー〕の味になじみ、ときどきそれをたしなむほどになった。フィリピン人は大胆にもベジマイト〔塩辛く濃い茶色のペースト状の食品で、オーストラリア人たちがサンドイッチやトーストに塗って食す〕を塩パンに塗った。オーストラリア人夫婦は、サワー・スープに魚の頭《あら》を入れてかき混ぜることもあった。スリランカ人は夏になるとバーベキュー・パーティーを開いて人をもてなし、トルコ人パン屋は、イタリア風アーモンド・ビスケットを焼くために生地をトレイに並べながら、愛や火山を讃えるセレナーデを妻に歌って聞かせた。

こんなふうに、舌にはすばらしい記憶力があった。たとえその舌が新しい口に移ったとしても、前の所有者が使ったスパイスの香り、口にした菓子や言葉の断片を蘇らせてくれるのだった。舌はどんなものでも決して忘れることはなかった。とりわけこの舌は、昔は柔らかくてピンク色をしたサウス・コーストに生息する軟体動物だったという事実を、決して忘れることはなかった。海が恐ろしく荒れたある冬の夜、その軟体動物はより意義深い役割りを引き受けるようになったのだ。五つの家族は、それを口にすることでこの起源を理解していた。舌はオーストラリアの風景の贈り物だった。ピデスとグラブ・ジャムン〔インド風揚げカステラを蜜につけたお菓子〕、日々交わされる「ボンジョルノ《こんにちは》」というあいさつ、スパイスを効かせた激辛カリーや愛のセレナーデなどをもってしても、オーストラリアの荒波と砂利の強烈な風味をかき消すことなど決してできないのだ。オーストラリア人にとって当たり前であるこの話がテレビの料理番組のなかでドラマ仕立てで放映されると、番組を見ながら心をひとつにした国民のプライドが、打ち寄せる波のようにどんどん大きく膨れあがるのだった。

マーケットの愛　ロロ・ハウバイン

"Love in the Market Place" by Lolo Houbein

（湊　圭史＝訳）

ロロ・ハウバイン（Lolo Houbein）

1934年オランダ生まれ。24歳で夫と子供とともに南オーストラリアに移住。75年アデレード大学にて、オーストラリア文学、人類学、古典学の学士号を取得。その後パプアニューギニア大学に留学、78年に南オーストラリア先端教育大学（現在の南オーストラリア大学）で教員資格を得る。英語・オランダ語の2言語で創作し、オーストラリアとオランダ両国で賞を獲得。作品に、移民としての体験を生かした長編小説『裸足の道を歩く *Walk a Barefoot Road*』（1988）、人種やアイデンティティをテーマにした自伝『鏡の中の違う顔 *Wrong Face in the Mirror*』（1999）、チベットやパプアニューギニア、その他の太平洋地域への旅を記した『チベット横断 *Tibetan Transit*』（2002）などがある。移民としての経験や旅、環境問題への関心によって培った生への感受性に裏打ちされた創作を続けている。

われらが街のマーケットは昔ながらのもので、郷愁にかられた移民たちが残してくれた慎ましやかな贈りものだった。そこに行けば何でも手に入るのだった。ヨーロッパからの輸入食品、例えば、無くてはならない本場もののチーズやオランダ産ケール〔アブラナ科の植物、キャベツの原種〕、正真正銘のスペック（つまり、豚の皮下脂肪のどっしりしたかたまりだ、アングロ・サクソン流のベーコンの細切れなんかじゃなくて。噂だと、彼らはスペックを工業用に溶かしてしまっていたそうだ。他にどうしたものだか見当もつかなかったんだろう。まったく！）、さらに、別名を「ご婦人の指」とかいうオクラ、生ニシンの酢漬け、真っ赤なトウガラシとか、そんなこんなの食材があった。オーストラリア人たちが類まれなる親愛の情をこめて「ぽんぽん《タム》」と呼ぶ胃ぶくろ、それにまともな味覚とを、しっかり満足させるのに不可欠なあれこれを見つけることができた。アテネ、ローマ、パリ、アムステルダム、マドリッドのマーケットにいるつもりになれた。がやがやと飛び交うさまざまな言語、肩ふれ合わす人たちも極端から極端までのあらゆるタイプが勢ぞろい、嗅覚を刺激してやまないスパイス、焼き立てのパンやお菓子、太陽の下で熟れ切った果物や極上のソーセージ。買う前に手にとってみたり、味見することだってできた。

マーケットはいわば人びとの強壮剤だった。週ごとに、工場労働者や主婦、無職の貧乏人、下っ端の店員、美容師やタイピストや商店の手伝いをして辛うじて生計を立てている独身の女の子たちを元気づけていた。給料ぶくろの小さな、慎ましやかな人たちのための場所だった。だから毎日開かれるわけではなくて、みんなが給料ぶくろを手にする金曜日と土曜日ににぎにぎしく、あとは次の給料日まで何とかもたせるための最後の買い物をする火曜日に開かれるのだった。

市議会がマーケットを近代化する計画を発表すると、店主・常連客こぞっての抗議が巻き起こった。近代化というのはマーケットを衛生的にし、店舗を画一化し、出店料を値上げして、とどのつまりは商品も値上がりするということなのだ、とみんな知っていたからだ。雰囲気も一変してしまう。それも決して良いほうにではない。キャベツの葉が散らかったうす汚い通路、おんぼろでごた混ぜの店舗、じとじとして不潔な片すみ、つまり、マーケットをマーケットたらしめているものすべてが脅かされていたのだった。私たちが食いぶちを稼ぎつつ新市民としての権利を求めてお役所と日々格闘する街、無菌化されルールでがんじ絡めでうわべだけはきれいに装った街から週ごとに抜け出すための避難所が、マーケットだったのに。そんなささやかな逃避のすべさえも消え失せようとしていた。マーケットがあったとしても、それほど遠くまで逃れられるわけではなかったというのにだ。

ともあれ、どんなにみじめに過ごした一週間でも、その終わりにまで何とかたどり着けば、マーケットが待っていてくれた。私にとっては、キリスト教徒が日曜日の朝に教会に通うのと同じ意味があった。一週間過ごすあいだにぺしゃんこにされてしまった心を奮い立たせてくれる場所。お祭りみたいなうきうきした気分になって、お金の許す限りの食材でこしらえた次週の最初のご馳走がテーブルの上に並ぶのが、頭のなかにはっきりと思い浮かぶのだった。私が故郷に残してきたもの、ここでも未来に実現されるべき目標であるものにふれられる場所だった。

結局、予想どおり、マーケットは衛生的にされてしまった。店舗のサイズは画一的に、ソーセージやパンやチーズはショウケースのガラス越しにしか見ることができなくなった。通路に散らばっていた野菜のくずも消え――すべては収まるところに収まり、新しいルールができた。それに予想どおり、商品が値上がりした。出店料が引き上げられたからだ。屋根の上には駐車場ができた。

まあそのことは、当時の私にとっては問題にはならなかった。私は熱帯地方へと移住することになったからだ。そこでは露天のマーケットがビーチのそばに、また村はずれの風にそよぐ椰子の木陰の空き地に開かれていた。肉にはハエがたかっていたし、売り物のトロピカル・フルーツの上にかがんだ母親の胸からは水っ洟の子供がぶらりと垂れ下がっていた。ノミだらけの犬がすぐ脇で小便するタロ芋の山から、客たちは芋ひとつをじっくりと選び抜くのだった。それに魚介類だ。前夜に獲ったばかりのものなのに、太平洋の上に熱い太陽が昇るにつれて、すでに天高く悪臭を放ち始めていた。それに泥棒。男三人に追いまわされて、布ぶくろを地面に敷いた上に乱雑にならんだ野菜の山を、追うものも追われるものも、つぎつぎと跳び越えてゆく。

そうだ、ここにだってもちろん、ルールというものが存在するのだ。「汝、盗むなかれ」というのがそのひとつ。でも他と違っているのは、見物の連中がみんな涙が出るまで笑い転げていることだ。追いかけっこは愉快だったし、盗っ人はつかまってみればちょっとおつむの弱い、地元ではお馴染みの男なのだ。罰だってごく軽いもので、捕まった時点で、もう許されているも同然。

そういうわけで、私は幸福だった。自然なものごとの成りゆき、というのが私の好みだったから。綿のラップラップ〔パプアニューギニアや他の南太平洋の島々で着用される、前布と後布を腰紐で結んだ服〕にはだしの格好でぶらつきながら新しい言葉を練習しているうちに、店主たちは私の顔を覚えてしまい、何が入り用なのかも見抜いてくれるようになった。毎回パパイヤをふたつ。でも、今日はバンレイシの実を。バスで運ぶとつぶれてしまうから、その場で食べてしまうのだ。名前もない青菜をひと束、ココナツミルク用に熟し切らないココナツを一個。ライムをひと握り、それに小さな手のような種バナナのひと房。バナナがこんなに甘く熟れるのは、熱帯でしかありえない。それと、忘れてはならないのは、ビーチで寝転んでかじるためのピーナッツと、サンゴ礁で砕ける波を眺めながらしがむためのサトウキビ。熱帯にいても、私の正気を保ってくれるのはマーケットだった。だって、ここの街だって世界中の他の街とまったく同じで、みなが悪だくみと駆け引きにあけくれていて、私はと言えばそういった場面では生まれながらの負け犬なのだ。

熱帯での短期の滞在勤務が終わり、オーストラリアに戻るために荷物をまとめていると、街のお偉がたがコキ・マーケット〔パプアニューギニアのマダン地方の町コキにある市場〕を大掃除したがっているという噂が聞こえてきた。私は身震いしながら、永遠の別れを告げて立ち去った。いつか帰ってくる日はあるかもしれないが、その時にはコキ・マーケットは変わり果ててしまっているだろうから。

出戻ってきたときに、同じままで残ってくれているものなど何ひとつない。オーストラリアはすっかり変わってしまっていた。会話のなかでは新しい単語が飛び交っていた。私の故郷の町でさえ、見た目から違っていた。なじむことができなかった。

ふたたび別の熱帯の地へと、今度はオーストラリア国内だったけれども、移住することになった。でもそこのマーケットは、海の入り江ちかくに申しわけていどに開かれるだけだった。必要なものをそろえるためには、スーパーにも足を伸ばさなければならなかった。私にとって幸いだったのは、近くに仏教寺院があったことだ。そこで、マーケット、それにプラスしてお寺、このふたつがわが週末の再生のための場所となった。入り口を二匹の狛犬が守っている中国寺院だった。賽銭入れに二、三ドルを入れて、盆から線香をひと束いただく。天国の主である観音様や、私があまり知らないその他の神々の前で燃やすためだ。寺守りが入ってきて、私のために大きな銅鑼を鳴らしてくれることもあった。「神様を起こしてさしあげるんですよ、あなたの願いごとが聴いてもらえるようにね」たくさん願いごとをしようなどと、私は考えたわけではない。人生の重荷を下ろし、永遠だとか人間であることの条件を受け入れた感覚で心を充たす、そんな瞬間を味わっていたのである。こういう言いかたではあいまいに響くとしたら、心の深いところで受け止めた平穏というものが、言葉という道具ではそう簡単に言いあらわせないからなのだ。

この熱帯での短期滞在も終わってしまった。今度は心の準備をしっかりしてから、私がいまだに故郷と呼んでいる場所へと帰ってきた。なじめない感覚とか、カルチャーギャップとかは、もう変わりようがない前提となってしまっていた。ある日のこと、マーケットというのは突きつめて考えれば、結局のところ、そこに集まる人びとのことなのだ、ということに思い当たった。マーケットの改良されて画一的になった店舗もちょうどよいくたびれ具合になって素朴さがでてきたし、あちらこちらでキャベツの葉が通路を汚していた。外の道にそって並ぶ店は、もとは金物類だとか地味な紳士服だとかを売っていたのだが、いまでは店主が替わってしまっていた。窓から見てみると、ペットショップと質屋は残っていたが、あとは洒落たバーレストランだとか、ギリシャの乾物屋だとか、マラッカ人〔マレー半島とスマトラ島の間のマラッカ海峡に住む人びと〕の食堂、ヴェトナム食料品店、パンジャブ人〔インドの北西部のパンジャブ地方の人びと〕の二ドル均一ショップ、中華料理屋になっていた。

さらにマーケットの外を囲む道も、街のお偉がたが思い描いていたごとくの、配送トラック用の掃き清められた車道であることを止めていた。歳月を経て、自然に空きのスペースが生まれていた。人々の工夫と商売心はそこを見逃さず、規定に合わせた店では扱えない商品をならべ、サービスを提供し始めていた。架台にビーチパラソルをかけたお手製露店が外のアスファルト舗装の道をすっかり埋め尽くしていて、ハーブやらお香、革製品、格安の文房具やらカンフー・シューズが売られていた。ヴェトナム人のご婦人がたが金きらの装飾品をうず高く積み上げ、若い画家が似顔絵を一ドルぽっきりで描いてくれる。ピエロ兼ミュージシャンが店を次々に出入りしながらシンバルを打ち鳴らし、ハーメルンの笛吹き男よろしく、心を奪われた子供たちを数珠つなぎにして引き連れてゆく。二人組の若いブロンドの音楽家がヴァイオリンとチェロでモーツァルトを奏で、二つのアーケードの交差点では女の子が扮したピエロが赤いかつらをかぶり、目をきらきらさせた子供のための風船をガスで膨らませ、つぎつぎ伸びてくる手に色付きテープで留めてあげていた。

そのときわかったのは、お偉がたでさえ、マーケットを亡きものにはできないということだ。それは人びとが暮らす街の心臓なのであって、ヒルトン・ホテルと裁判所を外壁につないでみたところで、本当の生活というものは止むことなく続いていくものなのだ。新しかろうが古かろうが、狭い通りとアーケードでできたウサギの巣のごとき空間は、本当の人びとが本当の人びとのために営んでいるものなのだから。ヒルトンの客のなかでも人間らしさのある者らは、ホテル裏にマーケットへの入り口を見つけてやってくる。スリーピースのスーツを着込んだ若い弁護士たちも、昼食時になればいそいそとマラッカ人の食堂に通い、ヒッピーやらヤッピーやらその他の人間と同じ莢《さや》に収まって、種類豊富なスパイスに舌つづみを打つのだ。

私もまた常連となった。そのうち古い友人とか、数十年前の同僚だとか、私の子供が小さい頃遊んでいた子たち、しかも彼女ら自身が子連れになって顔を合わせるようになる。

天上の響きの鐘を鳴らすお寺はなかったが、ふたたびマーケットが日々の活力源となった。私はフードプラザで何を食べるかにはさほど気を配らないが、いつでも気持ちのいい人ごみを期待してしまう。そこには、世界中の人びとが故郷ご自慢の料理を食べに、あるいは他の国からやってきた人たちの提供するご馳走を味わうために集ってくるからだ。

日曜日のお昼どきになると家族連れがくり出してきて、ちょっとした遺伝学研究だって可能になる。中国人の父親とオーストラリア人の母親が料理を皿に盛って、桃色の肌の子供に運んでくる。金色のサリーをまとった女性たちが、後につき従うガサツそうな田舎男《アウトバック・ブロークス》を、あなた、ねえちょっと、と呼びつける。「イギリス風カントリーガーデン」から取り寄せた豆とニンジンが付け合せのローストビーフにがっついているのは、ソロモン諸島人〔ニューギニア島の東方に位置するソロモン諸島の人びと〕たちだ。それから、すばらしくごた混ぜになって、みごとにブレンドされて、どこ出身とどこ出身がいるのだか見分けられない集団が、ドイツ産リースリング白ワイン片手にラザーニャの取り合わせでしぶしぶの食事をしているのにびっくりさせられる。
ところがである、今日、マーケットで私が目にするのは、情熱的な愛の行為だ。もっとも、単に愛の行為というのであれば初めてではない。手を握ったり、腰に腕を回したりして歩く連中、いかにも安心しきってピンクの肌と黒い肌をくっつけ合っているカップルなどは珍しくない。フードプラザにやってくる者はみんなどこか混血なところがあって、誰も自分自身の遺伝的性質に悩まされることはないのである。そうでなければ、そもそもここに座ってはいないだろう。今回の登場人物は、そうしたいつもの人間模様よりも、より記憶に残るべき人たちなのだ。

私はヴェトナム人カップルの隣りに座っている。フォークで私には何だかわからない料理を食べていて、ふたりとも缶コーラを飲んでいる。私はといえば、箸と磁器製スプーンを握って、ボウル一杯のラクサ〔マレーシアのビーフン料理〕と格闘しているところだった。そこに、庭にある小さな噴水からの水が、しぶきの粒になって池の面に散らばり落ちていく、そんなふうな笑い声が響いてくる。

はっとして私は顔をあげる、と、そこに彼女がいる。いくつか先のテーブルで、四十がらみの男にしがみつくようにしている。男はオーストラリア人だろう、世界を渡り歩いてきた、元あるいは現役の海の男と言った風情だ。ハンサムではあるが、どこか異国風の男前という気がする。髪はふさふさ、古い蜂蜜のような暗めのブロンドで、飛び出したかぎ鼻の顔に大きなカールを描いてかかっている。よく日焼けしていて、それも週末のビーチやテニスコートではなく、戸外で働く人間の焼けかたである。身体にぴっちりの鮮やかな青のTシャツ、首には平らな金のチェーン・ネックレスをして、金の腕時計と合わせている。それだけ。他の細部で伝えることはない。厳格と言っていいほど無駄がない出で立ちで、ここに集まってくるやたらと飾り立てた連中とは一線を画している。

テーブルを共にしている人たちは、縁なし眼鏡をかけて柔らかそうな灰色の髭を生やしたやさしげな紳士と、カジュアルでおしゃれな服装の中年女性ふたりである。そのうちのひとりがハンサムな水夫の連れ合いであると考えるのが自然だけれど、もしそうであるなら、良人を、その首につかまってにぎやかな笑い声を立てている少女に奪われてしまったことを、思い知らされているところに違いない。少女は彼にしがみついて、耳を引っ張ってにやつかせたり、頬をつついて膨らませてもらったり、耳をぴくぴくしてもらうために顎をくすぐったりしている。

少女は二フィート〔約六〇センチメートル〕ぐらいの背たけで、年齢も二つぐらい。韓国人のようだ。かわいらしい白いスモックをぴったりしたパンツと合わせて、滑らかな黒髪の先を一直線に切り落としている。

疑いないのは、実父であるか養父であるかは別にして、ハンサムな水夫は少女の最愛のダディであり、彼女が彼をすっかり独り占めにしているということである。テーブルの端っこで、屈強な腕のあいだに座って、父親とのゲームに夢中になり、彼のほうもぶたれたり突っつかれたり、されるがままになっている。男はウィンクしたりしかめっ面を作ったり、向きをかえたり後ろに身体を反らしたりして、そのたびに少女の笑い声のさざ波が起こり、群衆のつぶやきの上になんども広がっては消えていく。

腕のあいだを出たり入ったり、逆さまにぶら下がったりして、前髪をむちゃくちゃに振りたてる。

きゃあきゃあ嬌声をあげるたび、茶色い顔からちっちゃな白い歯が輝くようにこぼれる。息をつくための小休止で男の肩にもたれかかると、小さなお尻には守るように男の腕が添えられる。少女は群集に目をやるが、本当は見ていない。じきに表情にやる気が戻ってきて、向きをかえ、男をくすぐり始める。ゲームの再開だ。

それが起きたのはたぶん、ちょうど私がボウルの底に残ったヌードルの最後の麺と格闘していたときだった。少女の笑い声のさざ波がとつぜん途切れたので目を上げると、平手で剥き出しの肌を叩くぴしゃりという音が聴こえ、その行為を終えた男の腕が戻っていくのが見える。男の横顔ははっきりと不快の表情を浮かべていて、少女から身体を引き離すようにしている。

彼女はテーブルの上、その端っこに座り、とつぜんひどく静かになって、むき出しの脚をぴくりともさせず垂らしている。顔には驚きと戸惑い、信じられないという感情が複雑に入り混じった表情を浮かべている。それから、絶対に泣くもんかという強い決意があふれてくる。口もとをきゅっと、ほんのわずかだけ引きしめて。

男はほどけていた少女の靴ひもを結んでやる。まるで愛情は消えていないよと伝えるためのようだ。でも、腕を畳みテーブルに身体をつけて、彼女を抱擁からは締め出してしまう。

少女は瞬きもしないほどじっと座って、泣かない。とうとう先に震え出すのは、男の下唇のほうだ。それでも、彼のほうもまた泣かない。

すると、少女は恋愛中の女性が危機的状況ですることを始める。彼の前から身を引いて、それでも彼を観察できる位置に、しかも自分は見られずにそうできる位置に移動するのだ。男の敵意のこもった膝に、さらにテーブルの下に滑り降りて、男のほうはと言えば、同席の大人たちとお喋りしようと努力している。

陣取った場所からは、国際フードプラザのテーブル下の別世界がすてきに一望できるに違いない。でも、少女は父親だけにしか目を向けようとしない。黒スグリの実のような小さく黒い瞳を彼の表情に向け下からしっかり据えて、まるでオタマジャクシが池の上を飛ぶトンボをじっと見つめながら、美味しそうだけれど、あんなに大きくて危険なものをどうしたら捕まえることができるだろう、と思案しているかのようだ。

言うなれば、少女は流れを読もうとしているのだ。小さな茶色の手が男の膝に上ってきて、そこでしばらく待つ。じきに日焼けした力強い手が下りてきて、小さな手を包み込む。次に、髪が落ち着くところに収まった彼女の頭がテーブルの下からのぞく。それから、男の腕のあいだの空いたスペース、彼女の指定席へともぐり込む。でも、とても静かに。

おたがいの目をのぞき込む。平手打ちに見合う彼女がした行為がいかなるものだったにせよ、そのことで双方がふかく傷ついたということ、そしてそれは二度と繰り返されないということを、ふたりは確認し合う。それからゲームが再開され、男は片方の膝の上に、また別の膝にと少女をバランスよく乗せ、快くいろんな表情を作ってあげ、勝ち誇る黒スグリと咲き誇る花の乙女に圧倒されるがままになってやる。

少女は喜びのしぶきを、ふたりの周りにまき散らす。それでも前には無謀にも父親の辛抱の限界を試そうとしたところを、繊細な良識でもって測りながら遊ぶのである。そうしている限り、そのうち子供らしく疲れてとつぜん眠りに落ちるまで、父親は彼女のなすがままになってくれるのだ。

一緒に遊んでくれるような父親をもたなかった私も、少女が受けた教訓を心に留めながら歩み去る。彼女を生んだ文化では賢明にも、人間は生まれ変わるのだと信じられている。この生で達成され得なかったことも、可能性として次の生へともち越されるのだ。

よき模範を目の辺りにすることができたのだ、私だって当然、来世では、若いうちに学ぶべき、また一生それを繰り返してゆくべき人の愛しかたというものを模範として示してくれるような父親を選ぶことができるはずだ。それが実父であるか、養父であるかは問題ではない。

今日、マーケットで私たちが学んだ様々な事がらは、この後の生でどのような世界に私たちが生きることになるかを決定するだろう。そして、天国、地獄、それとも極楽浄土のどこに向かうのかを選べるとしても、あれやこれやの魅力ある呼びものに惹かれて片道切符を買ってしまう前に、そこにマーケットがちゃんと存在するかどうかを調べるのを私たちは忘れてはならない。

沈黙夫婦　スニル・バダミ

"Collective Silences" by Sunil Badami

（有満保江＝訳）

スニル・バダミ（Sunil Badami）

1974年、シドニー生まれ。インド系オーストラリア人作家。シドニー工科大学でコミュニケーション学を専攻し、卒業後、ロンドン大学ゴールドスミス・コレッジからクリエイティブ&ライフ・ライティング学の修士号を取得する。その後、バダミはフリーランス作家として、新聞『シドニー・モーニング・ヘラルド』、『グッド・ウィークエンド』、『オーストラリアン』や雑誌『オーストラリアン・リタラリー・レヴュー』、『カルチュラル・スタディーズ・レヴュー』、『ミアンジン』などに作品を発表している。現在、最初の長編小説『アレルギー性—父の物語 *Allergic: My Father's Stories*』を執筆中。この作品も、当短編小説集に掲載されている作品と同様に、作者が幼い頃に医者である父親から聞いた話がもとになっている。

私の父は、夕食をすませると開放的な気分になり、医者として立てた誓いや倫理観を忘れて私たちをベランダに集め、永年のキャリアのなかで出会った患者たちの興味深い話を聞かせてくれた。ウィスキー――父はディジェスチフ〔消化を助けるために食後（食前）に取るもので、特にブランデーなどの飲み物〕と呼びたがっていたが――をちびりちびりやりながら、首の後ろのあたりにもうひとつの耳が生えた少女の話や、同じ娘を愛したシャム双生児の話、自分の妻にアレルギー反応を示す男の話、それに自分が住んでいる場所から出たこともないのに、外国語なまりで話す女の話などをしてくれた。父は人の名前を覚えるのがとても苦手だといつもいっていたが、それでも患者の顔と彼らの皮膚の下に隠された「病歴《ケース・ヒストリー》」――父はこう呼びたがっていたのだが――をよく覚えていた。父の偏った見方が多少はあったかもしれないが、なかなかおもしろい「病歴」を話してくれた。ホルモンの関係で顔にニキビができ、気難しくなってしまった兄は、とうの昔に父の話には興味を失っていた。私はといえば、蚊がうるさくたかってきて、母がもう寝なさいと私たちを呼びにきても、話をもっと聞きたいといつも思ったものだった。

今、父の話を聞いてみると、とても信じられないと思うものがなかにはあるかも知れないが、プロとして感情抜きで事実に取り組んできた父は、手の込んだ作り話にのめり込むような男ではなかった。父は多くの患者の話をしてくれたが、母と出会って結婚する前の、彼自身の人生についてはあまり語らなかった。ときどき兄が父の名誉を汚すようことをしでかしても、それでもなお、父はその土地では尊敬される人物だった（市長は父を町の「柱」と呼んでいた）。町の人びとは、医者の家族の一員であるという理由だけで、私にも敬意を払ってくれた。私はいつもそれを誇らしく思っていた。店のお兄ちゃんが飴玉のおまけをしてくれたり、ボート小屋の親父が「こんにちは《グ・ダイ》」といって挨拶をしてくれるときには、医者の家族である特権を感じたものだった。だから父が苦労して得た名声をなんとか守ろうと、私はいつも気を配ったものだった。ところが兄はというと、父の名声などほとんど気にかけることはなかった。父がいつもの「雑談」のなかで、兄に声を荒げてこういったのを覚えている。「俺は一生懸命働いてこの町で名声を手に入れたんだ。できの悪い息子のタバコなんかでそれを台無しにされてたまるか。」私が思うに、父のこの言葉で兄はますます意固地になって、タバコを吸う習慣をやめなかったのだ。

　私の父は、町のほとんどの男たちがランニングシャツを着て「夕食《ティー》」をとるときに、自分専用のナプキン・リングを使うような男だった。食事の前には必ず食前酒を飲むことを習慣とし、それを譲ることは決してなかった。たまに食後にも飲むこともあったが、それは私たちに患者の話をするときだった。「磨かれた靴は、人格のよさを表わす」といつもいっていたが、たしかに父の靴は誰の靴よりもピカピカに磨き込まれていた。父が私に対して厳しかったのは、清潔にしなさい、ということぐらいだった。（父が兄に対して強硬路線をとらざるを得なかったのは、あのホルモンと兄のだらしない態度のせいだった。）清潔でしかも几帳面《プレサイズネス》――いや精確《プレシジョン》といっておこう――、それに行儀作法をきちんと身につけた今の私があるのは、父の影響のおかげだと思う。何年かたって私は不思議に思ったのだが、父のもつ高い精神性が追い求める知的刺激を、父はいったいどこに見い出したというのだろうか。父が出会った患者のおもしろい話を聞いてくれる相手にしたって、私たちのほかにいったい誰がいたというのだろうか。母は父の話を聞くような人ではなかったのだ。

私たちが住んでいた町は、ボリガル〔ニュー・サウス・ウェールズの地名〕のように大きなものではなかった。皆が互いのことをよく知っていたが、他人のことに口出しすることはなかった。町には学校、商店（店としてなんとかやっているもの）、ボート小屋、ガソリン・スタンドのほかに、パブが三軒あった。三軒のパブは、上《トップ》、中《ミドル》、下《ドーン》に分かれていた。夏になると、岬で産卵中のクルマエビを捕獲して運搬するのを手伝いにやってくる季節労働者や、丘陵地で家畜の世話をする牧場見習い人《ジャッカルー》たちは、ドーン（ザ・ランズダウンパブ）で酒を飲み、大声で騒いだ。国の払い下げ《セレクションズ》で得た農地からやってきた者や、小さな土地所有者、店の経営者たちはミドル（ザ・オーク）で酒を飲んでは噂話にうつつをぬかし、トップ（ザ・クライテリオン・アームズ）のぼんやり見える照明を羨ましそうに眺めるのだった。トップ・パブの客は、私の父、弁護士のグッドリッチ氏、獣医のホースレイ氏、たまに現れる、その地域でもっとも大きな牧場の所有者《スクオター》であるフルブライト氏に限られていた。ハドソン巡査は通常はミドル・パブで飲んだが、巡回中にトップ・パブに入ってきて、無料サービスのレモン・スカッシュを飲むこともあった。

父はトップ・パブの棚にジョニー・ウォーカーの黒ラベルをキープしていた。それが彼のステータスを表わすひとつのバロメーターだったのだ。「ドクターのボトル」は父親だけが飲めるものだったが、ほかの常連客は必ずしもそんなことにこだわっていなかった。彼らは、ほかの連中もそうであるように、ひたすらビールを飲んだ——もっとも、彼らの妻たちが親戚を訪ねたり、都会に出てショッピングをしているときは別だったが。妻たちが留守となると、彼らは目がうるむまでラム酒を飲みほうけるのだった。

私の父は大男で、手も大きかった。黒い毛むくじゃらの腕には網の目のように血管が浮き出ていた。後になって不思議に思ったのだが、繊細でしなやかではあるがとてつもなく大きなあの手で、父はどうやって医者の仕事をこなすことができたのだろうか。父が手術を終えて家に帰ってくると、私はすぐに父のほうに駆け寄り、太い腕に抱かれ、疲れきった低い声を聞きながら、大蛇に呑み込まれるとこんなふうなのかなと想像した。私たち兄弟はふたりとも母に似て小柄だが、私の肌の色は父に似て黒い。だから父はときどき、私のほうにウインクをしてくれたのだろう。すると私も、自分の肌の色が黒いのだということを認識するのだった。「インド人の血が混じっているんだぞ」と、父は誇らしげにいった。我々が住んでいる町では、それを認めるにはかなりの勇気がいることだった。

私の母が父と出会い結婚する前に、どのような人生を送っていたかについても、私はあまりよくは知らなかった。母は過去については、自分の寝室のドアを閉めるのと同じように、ぴったり閉ざしていた。彼女は寝室のドアの鍵にチェーンをつけて、それを首からぶら下げていたのだ。台所の流しの近くにある窓のそばで、洗いものをする手を水に浸したまま、額に前髪を垂らし、ふと窓の外を、しかも何を見るともなく眺めているのを、私はときどき目にしたことがある。そのとき私の母は、裏庭や物置小屋なんかを眺めていなかったことを、私は知っていた。母は、私が訪れたことのない、どこか別のところを眺めていたのだ。母は、私がそこに立っていたことすら気づいていなかったと思う。しばらくすると、母は私の知らない、メロディーがあってないような、やさしい旋律を口ずさみはじめた。そのメロディーを何度も聞いていたのに(とくにその夏は口ずさむ回数も増えていた)、私はそれをうまく言葉で説明することができなかった。そのメロディーの断片が、まるで風の強い日に、天使の髪が私の頭のなかをよぎっていったかのように感じた。そのメロディーをちらほらと頭のなかでつかみかかるのだが、すぐに消えてしまうのだった。

とにもかくにも、(父はグラスのなかの氷が解けるのをじっと眺めながら、話しはじめた)昔、町から出たこともないのに、外国語なまりで話しはじめた女がいた。そもそも、この女は脳卒中で倒れて、言葉を口にすることができなくなったんだ。はじめのうちは、彼女は二度と話せないんじゃないかと私は思っていた。彼女の頭のなかは、黒板消しでさっと消されたような状態だった。自分が何をいいたいのかわかっているのに、まるで言葉がソファーの下に迷い込んでしまったかのように、それに冷蔵庫のうしろに落っこちてしまったかのように、言葉を失ってしまったんだよ。彼女の表情を見ていると、いちばんシンプルな言葉や言い回しを求めて、空っぽになった頭をくまなく探しまわって、いらついているようだった。しばらくの間、彼女が口にできた言葉は「ドッグ《犬》」だけだった。お茶を一杯飲みたいというのに、口から出てくるのは「ドッグ、ドッグ、ドッグ、ドッグ、ドッグ、ドッグ、ドッグ」だというのを想像してごらん。彼女は、もう手がつけられない状態にあると私は思ったね。ところが、彼女の夫は、妻が「ドッグ」しかいわなくなったとき、彼女をいちばんよく理解できたといったんだ。夫は、彼女の沈黙の雄弁さに感心さえしていたね。

私が彼女を往診したとき、彼女の夫はひどく興奮して私にこういった。妻がまた話しはじめたんです。ところが妻は変な話し方をするんですよ、と。私は彼に、しばらく話ができなかったので、話し方に少し障害がでてくると思いますよ、といった。声が途切れがちになり、言葉を口にしようとすると、歯にさえぎられて聞こえにくくなるでしょう、とね。ところが、障害はそれだけでは済まされなかったんだ。彼女の話しかたには南アフリカなまりが入っていたんだよ。もちろん、彼女は南アフリカに行ったことなんかないし、この町から出たことさえなかったというのに。

私のなまりを使い分ける能力については、お前たちはよく知っているだろう（と、父は、兄が異議を唱えるのを無視しながら話を続けた。私はいつも父の物真似を楽しんだ――父はしばしば話を中断して、インディアンとかカウボーイの真似をして私を喜ばせてくれたものだった）。しかし、父が患者のなまりを正確に発音したときには驚いた――アフリカのセレンゲティ地方の平原のようにゆったりと「r」を巻き舌で発音し、「a」は平坦で不毛な地を思わせるような味気ない音で、「e」は短く切って舌を口の奥のほうで隆起させて発音した。

私の予後の診断によると、彼女の脳の言語野の末梢神経が破壊されていて、そのために母音がいくらか平坦になると考えるのが妥当だった。そうした現象は、長い間沈黙を続けたあと、話をする練習が不足しているという理由だけで起こることがあるようだった。しかし驚いたのは、患者がアフリカーンス語〔南アフリカ共和国の公用語のひとつで、一七世紀のオランダ人移住者の話から発達〕をまったく使ったことがないにもかかわらず、アフリカーナーが発する音の抑揚を身につけていたことだったんだ。舌と顎の筋肉を鍛えるために、私は彼女にいくつかの練習メニューを与えておいた。もっとも、それがどのくらい効果があるか定かではなかったんだがね。そして二週間後に診察しますといったんだ。

彼女の夫が、その後、悲壮な顔をして私に話してくれたとき、どんなに驚いたか想像できるだろう。彼はこういったんだよ。妻がアフリカーンスのアクセントで話さなくなったかと思うと、今度は「蛙のような」話し方で話しはじめたんですよ、先生、と。

「何ですって、ケロケロっていったんですか？」と私は聞いた。

「そうだったらいいんですけどね」と彼はいって頭を振った。「フランス人みたいに話すんですよ」

私は練習メニューを変えて、彼女にまた二週間後に診察するといった。ところが次の往診のときに変わっていたことといえば、音を短く切って、しかも厳格にどなりつけるような調子のドイツ語の発音をしたことだった。彼女の口がまるで国際線の乗り継ぎターミナルみたいになっていた。つまり、彼女が外国人のような話しかたをするようになり、夫に対しても外国人になってしまったんだ。

（私の父は自分の過去について話をすることはなかったが、私たちは、父が母と出会って結婚する前に、旅をして回っていたことを知っていた。だから、父がこの女性の、苦しみながら発するいろいろな言語のなまりを認識できたのはごく自然のことだった。つまり、父は、この世は「俺たち」と「ウォッグ〔英語が話せない移民〕」しかいないと思っているような、ミドル・パブやドーン・パブに来る連中たちとは違っていたのだ。もっとも、彼らが、岬周辺に居住するアボリジニ《ブーンズ》に対して寛容になれば、「アボリジニたち《ブラック・フェラズ》」をその分類に加えることもあったのだが。

結局（と父は話を続けた）、その患者がいろいろなアクセントで話したので、彼女の夫にしてみれば、家のなかにいろいろな声の不協和音が響きわたり、週が変わるたびにさらにわけのわからない言葉が出てくるので、家庭がまるでバベルの塔のようになってしまったというのだ。彼女が日本語のアクセントで話しはじめたとき、夫は三日間、戦争の記憶で正気を失い、ミドル・パブに入り浸ってしまい、町はしばらくその話でもち切りとなった。つまり、彼がパブでどんな様子だったか――誰に話すともなくただただしゃべり続けたっていうことが町中に知れわたったんだ――かんかん照りの日に泳ぎ続ける人みたいに、延々と話し続けたってことがね。夫は目を閉じて、日本語の母音を発音する喜びをかみしめていた、ということだ。

患者は、夫の愛が薄れているのを感じ、それが自分の話し方のせいだと思って、しゃべるのをやめてしまったのだ。夫のほうは、心を和ませてくれる以前のあの沈黙の家庭生活にもどっていった。眠気をさそう午後ともなると、お茶を入れて彼女のもとに運んであげるようになったんだよ。家のなかで聞こえてくるのは、玄関の時計がチックタックと動く音と、足の下で床板がときおりたてる息づかいの音くらいだった。彼らは、はぎ取り式のメモ用紙を首からつるし、それに短いメッセージを互いに書くことにした。――それからというもの、夫婦げんかを聞くことはなくなったようだ――むろん、夫婦げんかをしたとしても、もはやその声が聞こえてくるはずはなかったんだがね。店のお兄ちゃんは彼女がお気に入りだった。彼女が店にくるとショッピング・リストを彼に手渡すだけで、朝の忙しいときにくだらない噂話で時間をとられることがなかったからだ。（もっともときどき、説明不足のメモ書きを手わたされて困ったことはあったけれど。）

「沈黙夫婦」（としてふたりは町で知られるようになっていたんだが）は、金婚式を祝うことになった。このとき夫婦はそれまで以上に愛し合うようになっていたということだ。ふたりは学校の講堂を貸し切って、にぎやかなダンスパーティを開いた。会場には、子供たちや孫たち、それにラミントン〔チョコレートをコーティングしたスポンジケーキ〕があふれていた。沈黙を守って過ごした年月のあいだに、ふたりがいかに親密な関係になっていったかがわかるだろう。まるで夫婦の絆である沈黙が、互いの理解をさらに深めたかのようだったね。子供たちや孫たち、それにひ孫たちが、この金婚式の記念に何か挨拶をしてほしいとうるさくせがむので、老人は、講堂の壁の黒板にこう書いた。

「沈黙は金なり」

その場にいた者は皆、この一件を、今までに経験したことのないほどおもしろい出来事として、拍手喝采を贈った。ところが誰に聞いてもこのパーティーは、騒々しいものではなかったとのことだ。（と父がそういうと、突然、母が台所で皿を洗うカタカタという音が、いつもよりも心なしか大きく聞こえることに、そして母が肩をいからせていることに気づくのだった。）

息をするアンバー　マシュー・コンドン

"Breathing Amber" by Matthew Condon

（湊　圭史＝訳）

マシュー・コンドン（Matthew Condon）

1962年生まれ。クイーンズランド大学にて教育を受け、ドイツ・ブレーメンに留学しドイツ語を学ぶ。82年に『ゴールド・コースト・バレティン』紙の記者になり、以降、通信員としてロンドンに滞在し、シドニーにて文芸欄を担当するなど、ジャーナリストとして活動を続けている。現在、ブリスベン在住。88年に『モーターサイクル・カフェ *The Motorcycle Café*』（1988）を出版し、『案内人 *Usher*』（1991）で1992年度NBCバンジョー賞の最終候補にノミネート、『古いギルドの大公たち *The Ancient Guild Tycoons*』（1994）でも1995年度の同賞に同じく最終候補にまで残っている。最新作『鱒のオペラ *The Trout Opera*』（2007）は、20世紀始めから2000年のシドニー・オリンピックまでのオーストラリアを描く叙事詩的長編。2004年には、メルボルン大学アジアリンクの作家滞在（literature residency）プログラムで来日したことがある。

アンバーは十一日間、インスタントのスープと麺類だけで過ごした。蓄えがつきて、それでもエリザベス・ベイのアパートを離れるのが恐かったので、米とベジマイトに熱湯をかけて食べた。ブラインドは閉め切ったままだった。ウィンターが来るかも知れないと耳をそばだてているのは辛く、だんだん無気力になり疲れ果ててしまった。聞き耳を立てているとひどく消耗したが、ティックの粉末メタンフェタミン〔強い中枢神経興奮作用をもつ有機化合物。日本ではヒロポンという名称で知られる〕のおかげで目はぱっちりと醒めていた。それに、彼女は起きている必要があったのだ。

「次のはすごいぜ、期待してなよ、ダーリン」、ティックはメタンフェタミンのことでそう言っていた。「ニューヨークに行ったときに可愛い娘ちゃんに薦められてな。向こうじゃ、バイク野郎のコーヒーって呼ぶらしいぜ、きどってるだろ？　田舎者《レッドネック》のコカインって名前も、いろいろ連想がわいて悪くねえよな。俺の上客のトラック野郎たちだってお薦めだぜ」

隣のカップルはこの一週間ずっと、きりのない口げんかを続けていた。大声で始まり、それから張り詰めた沈黙が数日間続いた。それからまた言い争う声が高まっていき、ついには破裂し、それからまた静けさが訪れた。平穏な中休みのあいだにも、コンロにソースパンを叩きつけたり、ナイフやフォークを流しに投げつけたりする音が響き、スタッカートのような悪態が聴こえ、最後は決まり切ったみたいにドアを叩きつけるように閉める音で、騒ぎは締めくくられるのだった。ステレオやテレビの音量が上がって、男女どちらかが部屋を飛び出していく。すすり泣く声が古い漆喰の壁の向こうから聴こえてくることもあった。

アンバーがまんじりともせずに過ごしたこの十一日間ずっと、上の階ではパーティーが続いていた。ダンス音楽の重くて原始的な音が、階下のアンバーの空っぽの部屋にまでズンズンと響いてきた。ビートの轟きを縫って、尖ったヒールが木の床と割れたガラスを踏みつけるのが聴こえた。ベランダのガラス戸越しには、湾景をバックに、ポイ捨てのタバコの吸殻が一晩じゅう降り注ぎ、鈍い光を放つ流れ星のようだった。時おり、港を出入りする貨物船が長い汽笛を鳴らし、それを聴くと、世界はなんと広いのかと思えてくるのだった。車や家具や材木、石炭やウールや砂糖や靴、ハンドバッグや洗濯機やＤＶＤプレイヤーを満載した船が、大海原をひっきりなしに往来している。そう思うと頭がずきずきと痛みだして、ティックの粉末メタンフェタミンがもっと欲しくなった。そいつをやると、自分が大きくなったような気がするのだ。無敵だって思えてくる。ヤクが切れると、自分が弱々しく縮んでしまったみたいで、部屋の壁が迫ってくるように感じ、頭が痛み始めるのだった。

部屋に引き籠もってから十一日目のことだ。隣の男女がまたどなり合いをした後、叩きつけられたドアの勢いで、アンバーの部屋の壁にかけた絵が数ミリずれた。アンバーは決してそうしないという誓いを破って、ツケで、ティックからバイク野郎のコーヒーを追加注文した。三時間も経たないうちに、ティックがドアの下から何も書かれていない封筒を差し入れてくれた。中には、薬の袋と、押し花が一輪入っていた。メタンフェタミンを吸い込み、ブラインドを開け、バスルームの鏡を見ると、のどの奥から舌へと血が滲み出ていて、前歯が淡いピンク色に染まっていた。ティックの新しい薬はいつまでもハイな気分にしてくれるみたいだった。二回分吸っただけで、一日二十四時間ぶっつづけでもってくれそうだ。狭いアパートの中をひとり言を呟きながらうろついて、空っぽの部屋から部屋に、自分の人生の日誌らしきものを語って回った。彼女の全人生が舌にのせられて淀みなく流れ、それを耳にしているとべつの誰かが読み聞かせてくれている気分になった。

最後には、話す必要さえなくなった。彼女の物語をすっかり引き受けて、もうひとつの声が語り続けてくれた。

声はアンバーに、外の世界に出て行け、と告げた。こうして引き籠もってるってのもくそ馬鹿げた話だぜ、もしやつに見つかって殺されたって、だからどうだっていうんだ、結局いつかは死ぬんだ。やつとの七年間の付き合いだってよ、はっきり言ってやろうか？　わかってんだろ、あの七年間も、このくそ溜めみたいなアパートに籠もってるのと変わりなかっただろうが。友だちなんかいたこともなかったし、まともな住処もなし、自分のベッドだとか、裏庭だとかがあったことが、犬か猫でも飼えたことがあるのかよ。コーヒーでもどう、とか誘うことができる友だちもなし。いっしょに笑ったり泣いたりしてくれる誰か、ただいっしょに座ってくれる誰かだって、信頼できるひと、まともな人間さえ、ひとりもいなかった。そういうふうにあいつが望んだからさ。あいつはそんな生き方しかできない男なんだ。おまえは今、人口四百万の街にある箱ん中にいるけど、アウトバック〔オーストラリアの内陸部の不毛地帯、ブッシュよりも奥地を指す〕のど真ん中にいても変わりゃしない。変わりゃあしない、変わりゃしないさ。

何年ものあいだ、アンバーはウィンターの頭の中で暮らしていた。狭くて、息苦しくて、寂しかった。シドニー中央鉄道駅で目をつけられてからずっと、あの男の頭のなかで生きてきた。ムルウィランバー〔ニュー・サウス・ウェールズ州の町。クイーンズランド州との州境に位置する〕からの列車を降りた途端に手をつかまれた。そして客室で温まった身体が冷めないまま、髪にタバコの臭いが染み付いたままで、ウィンターの頭の中の暗い部屋へと引きずり込まれたのだ。それからは、グンディウィンディ〔クイーンズランド州の町。ニュー・サウス・ウェールズとの州境に位置する〕でも、バークだった〔ニュー・サウス・ウェールズ州の町。クイーンズランドとの州境に位置する〕でも、アダミナビー〔ニュー・サウス・ウェールズ州の町。キャンベラの南に位置する〕でも、ずっとおんなじ暗い部屋の中だった。そこに住むことはもう止すのだと、今は決めたのだ。それに、やつに見つかって殺されるとしても、いずれにせよ、あの部屋に住むことは二度となくなるのだ。あの部屋にはもう住まなくていいんだ、と声は告げた。

頭の中で響く声が男性のものだと意識したのは、何日か経った後のことだった。ティックでも、ウィンターでも、父親の声でもなく、見知らぬ男のものだった。ベッドの脇に置いたラジオから聴こえる声みたいだ。メタンフェタミンの効き目がゆっくりと失せると、アンバーはいつの間にか、べつの服に着替えていた。誰かが数少ない家具やら箱やらをあちこち移動してしまっていて、ベッドの頭が今まではべつの壁についているのが見えた。今や働かなくてはならないことも了解した。ティックに借りをつくったのだから。何もかも、いつもどおりに事は運ぶだろう。ティックが追加分のヤクをもってくる、アンバーはどんどん借りをつくる。ティックが仕事を用意してきて、何とか当座やりくりできるだけの金を貸してくれる。それからさらにヤクが与えられ、ついには彼女はティックのものになる。友だちとコーヒーを飲んだり、家に庭があったりするまともな暮らしの夢は、低い汽笛の音が長く尾をひいて港のうえを運ばれてきて、家並みやアパートで跳ね返り、こだまして、テレビのアンテナのとげに絡まったり、モートンベイ・フィグの枝葉に吸い込まれたりして、通りに落ちる頃にはほとんど消えてしまっている、そんな風にさらに遠くへとかすんでゆく。

ヤクをさらに吸い込むと、そんなあれこれも、もうどうでもよくなった。

十二日目の朝、ティックの封筒がもう一通、ドアの下に差し込まれているのを見つけた。二日間起きたままでいられるのに十分な量の薬に、翌晩の仕事の時間と場所をメモした正方形の紙がいっしょに入っている。ティックのためにする初めての仕事だ。

土曜日だった。海を見下ろす狭いバルコニーにアンバーは座っていた。湾の向こう、ダーリング・ポイントの起伏のある尾根に、家がまばらに散らばっている。億万長者や映画スターが住んでいるのだ。尾根の下のほうでは古いテラスハウスが、上のほうでは古い赤レンガでできたアパートやスペイン風の大邸宅が、ユーカリや椰子やモートンベイ・フィグの木立の乏しい枝葉のすき間に覗いていた。木々を抜けて空へと伸びているのは、古い教会のぼろぼろで壊疽にかかったように見える尖塔だ。教会から、土曜日の結婚式の鐘の音が聴こえてくる。アンバーはティックの押し花の乾いた茎をつまんでくるくると回した。鐘のやわらかい響きは長いあいだ彼女の頭の中に残って、メトロノームの舌打ちのように正確に鳴り続けた。故郷のムルウィランバーで、まだ幼いアンバーが父親に肩車されている。小さな手で黄褐色の髪をそっとつかんで手綱にして、土曜日の朝の、あの独特の白い光の中を抜けていく。すると時間はいつまでも引き延ばされていくようで、何もかもがはっきりと細部まで見え、布地屋さんからリージェント映画館、川べりからロタンダ〔丸屋根のある円形建物。ここではムルウィランバーのノックス公園の休憩場〕にまで行くのに、ひと時代が経つように思えるのだった。そして、生は彼女にとってほんの一秒に凝縮され、その一瞬のうちにつぎつぎと現れるイメージに心を奪われるのだった。女性のドレスいっぱいに広がった血色のケシの花柄、男のシャツの胸ポケットから出ているペンの頭、歩道に捨てられへばり付いたチューインガム、映画のポスターの中の宇宙の果てしない広がり、通りがかりの少年の頭のてっぺんの剃られた部分とそこにある傷の縫い跡、父親の耳から生え出ている導火線みたいな毛――。

アンバーは指先につまんだ干からびた押し花をくるくると回した。

彼女はまだ二五歳だというのに、ひとつの人生をすっかり経験したと思っていた。ウィンターのやつが私の人生の真ん中の部分を切り取って、子供時代を中年時代の始まりに直接くっつけやがったんだ。男の赤ちゃんの母親だったこともあるし、モーテルの部屋と車の中で永遠と思える長い時間を過ごしながら、終わりの見えない無感覚のなかにいた。いつも朝方か夕暮れで、昇ったばかりの太陽の新鮮な黄色か、夕方の古ぼけた黄色の中に、くっきりとした影かぼんやりとした影が浮かんでいた。しかしいつだって、夜の気配が漂っていないことはなかった。メトロノームがカチカチと、単調に時を刻み続けていた。頭のおかしくなったアンバーの哀れな母親は、ピカピカに磨いた赤いメトロノームをひとつ、古いピアノの上に置いていた。その小型のアップライト・ピアノを、母親は弾いたことがなかった。弾き方だって知らなかったのだ。ただ上に積もるほこりを毎日払っているだけだった。母は誰かが玄関の階段を上がり家に入ってきて、ふさ飾りのある椅子に腰掛け、美しい音楽を奏でてくれるのをじっと待っているかのようだった。

母さんは誰を待っていたのだろう？　音楽を奏でにやって来なかったその人は、いったい誰だったのだろう？

アンバーが家を出る少し前には、夜遅く帰って足音を忍ばせ家に入っていくと、暗闇の中でメトロノームがカチカチと鳴っているのが聴こえるようになった。時には、朝になっても鳴り続けていることがあった。しまいには、振り子の先端についたおもりが、ほとんどずっと動いたままの状態になった。母親はピアノの椅子に座って、カチカチという音を聴いていた。アンバーはそのとき、母がすでに死につつあり、実は、大人になってからのほとんどの時間をずっと死につつあり続けてきたのだということを理解した。そのような生き方しかできない家族というものがあるのだ。生きているあいだじゅう死に続けている家系というものが。アンバーの母。矢筈形にしわが寄った顔。何かを用心深く待ち受けている目。彼女が待っていたのははるか遠いところで発射され、彼女だけを目がけて飛んでくる弾丸だった。最後には必ず的を射抜く、回転しながら飛んでくる小さな真鍮の弾。

母は若くある前に、もう老け込んでしまっていた。娘であるアンバーと同じだ。母の姿は記憶の片すみにずっと引っかかっていて、アンバーは後になってからパズルのピースのようにそれを組み立てたのだった。痛み、苦しみ。不平をたれ流しながら、時を無駄に過ごしていく。いつも何かしら、やるべきなのに決してしないことがあって、それもこれも母がつねに死につつあり、何かをするということに意味がなかったからなのだ。

　彼女はものをとり上げるぞと脅したり、罰として粗末な服を着せたりするタイプの母親ではなかった。ただ、私がいなくなったら後悔するわよ、と言うだけだった。いつまでもあんたと一緒にはいられないからね、したいようにすればいいわ。五年も経てば私なんか厄介ものでさえなくなるんだから。私はもういなくなって、あんたは自分で自分の面倒を見なくちゃならなくなるんだよ。自分の一家が死に縛りつけられた家族なんだとアンバーが理解するまでには、ずいぶんと長い時間がかかった。死は午後遅くの畑で、サトウキビの苗のあいだにうずくまっていた。埃のように、レースのカーテンに深く食い込んでいた。笛吹きケトルの音の中にもいた。そんなふうに生活に染み込んだ死は、アンバーの父親を弱らせていった。消耗させた。カチカチという音は彼に食い入り、取り除くことができなくなった。父親はサトウキビ畑に火を放った後、離れたところに立って、ネズミやヘビやトカゲが追い出され、逃げ惑うのを眺めていた。それでも音を消し去ってくれるものはなかった。どこかからやって来るのに違いないわ、アンバーはそう考えた。生きながら死を待っているっていう、このことは。何だって、どこかは分からない河の上流から、私たちに向けて流れ下ってくる。どこかからやって来るに違いないのだ。

　そのままで埋めておくれ、と母親はいつも言っていた。焼かれるのはご免だからね。

　十三日目の正午前に、アンバーはようやく部屋を出た。安っぽいミュールとジーンズに田舎くさいブラウスを着て、ふさの付いたスウェードの肩掛け鞄を提げた。グリーンノウ通り《アヴェニュー》〔エリザベス・ベイからキングズクロスへ通じる通り〕を上るのにひどく苦労して、どうかして、ちゃんと歩くことが出来なくなったんじゃないかと思った。歩道に勾配があるだけで、バランスを崩してしまうような気がした。マクリー通り《ストリート》〔キングズクロスの目抜き通り〕とのT字路に着く頃には、奇妙に張りつめた恐れを身体の中に感じ始めていた。ウィンターに見つかることへの恐れではなく、ただ外に出て、他の人たちの中にいるということへの恐怖だった。スウェードの鞄の肩ひもを握りしめたところが、手のひらにかいた汗で暗い色の染みになった。

数年前に、中央鉄道駅の巨大な子宮からそのままキングズクロス〔シドニー市中心部より東2キロにある、オーストラリア随一の歓楽街〕へと、ウィンターに連れ去られてきたちょうどその場所に来ていた。ドライクリーニングの店やタトゥー・パーラー、ケバブ・レストランの青と赤とオレンジの看板が鈍く光る通りを見下ろすアパートの三階の部屋だった。窓からいっぱいに身を乗り出すと右側に、ウォーニング山〔ムルウィランバーの近くの山。国立公園になっている〕と同じぐらいの巨大さと威圧感をもって、街のイルミネーションのオーラが見えた。

マクリー通りを進んでいったが、見覚えがあるものはもう何も残っていなかった。ガラス張りのカフェは、椅子は規格品で内装はクロム調である。セブンイレブン。新築アパートの扉には真鍮のドアノブがついていて、ロビーには鉢植えの椰子の木が置いてある。ブティック風の家具店には、巨大で歪んだ豆みたいな竹編みの長椅子が飾ってある。すべてがきらきらして、奇妙なかたちをしていて、角がなく丸みを帯びていた。車はすべて銀色のクーペだ。誰もが小さな、銀色の、丸みを帯びた型の携帯電話を耳に当てている。プラタナスの枝が葉を茂らせて、通りにかぶさって震えていた。アンバーはさらにハーバーのほうへと下っていき、海軍基地を過ぎたところで道を渡った。そして、軍の埠頭を囲んでハリーズ・カフェ・デ・ウィールズ〔ウルムルー湾の波止場近くにある、ミートパイで有名な持ち帰りの店〕まで延びているフェンスに沿って歩き始めた。フェンスの三分の一のところまで来て、彼女は記念碑の前で立ち止まった。轟々と音を立てて車やトラックが行き交うせいですっかり砂まみれになり排気ガスで汚れて、碑文はひどく読みにくくなっている。

第一次世界大戦時に戦場へと旅立った男女たちのための慰霊館だ。赤い火がひとつ灯っていた。アンバーが碑文を読んでみると、この埠頭からガリポリ〔トルコのガリポリ半島にある港町。第一次世界大戦の激戦地としてオーストラリア・ニュージーランド連合軍が壊滅したことで有名〕やフランスに向けて兵士たちは出発していった、とあった。うだるような暑さの中、辺りのやぶで鳴く虫の声が響いていた。

アンバーはフェンス沿いを歩いて、埠頭の建物を通り過ぎてから、アート・ギャラリー〔アート・ギャラリー・オブ・ニューサウスウェールズ。NSW州立の美術館〕の裏の階段を登ってゆく人たちの後ろについていった。階段の上を見ると、公園の中にあるふたつの巨大なマッチ棒の彫刻が見えた。今までこの作品を見たことはなかった。ひとつは、赤い頭がそのままに残っている。もう一方は燃え尽きて、捩じれている。彼女はそれからウィンターのことを、彼の笑みに込められた脅しを、その眼に覗くぎらぎらした火を思って、また怖くなった。階段を急いで登ると、他の人たちと目を合わせないようにして、身を隠す避難場所を求めて、ケイヒル高速道路をまたぐ陸橋を渡り、さらに足を速めて王立植物園〔オーストラリア最古、一八一六年創立の植物園。三十ヘクタールに及ぶ敷地に四千種以上の植物を見ることができる〕へと入っていった。

ウィンターとふたりで西へと飛び出し、ブルー・マウンテンズ〔ニュー・サウス・ウェールズ州、シドニーから百キロほど西にある高地〕を突っ切って、次いで北へと向かい、街道脇の町や村を行ったり来たりして、何ヵ月も、何年ものあいだ慌しく動き回った。寒く青冷めた夜明けには、田舎のパン屋の開いた裏口から失敬したほかほかの金色のパンで腹を満たしたものだった。そんなことになる前には、植物園から歩いてほんの十五分のところ、汚らしい死骸の背骨のような地形のダーリングハースト〔シドニーのキングズクロスの南にある地区〕に住んでいた。ホテルやテラスやアパートの狭い谷間から、ハイドパーク〔シドニー中心部にある公園〕とドメイン〔王立植物園の南につづく公園〕と王立植物園の森の帯がちらほら覗いていて、まるで大雨の後、水かさが増し渡れなくなった河を見ているような気がした。シドニーの街のその風景に立ち止まり、息を呑むことがあった。故郷のムルウィランバーでも、トウィード川〔ムルウィランバーの東側を流れる川〕沿いの公園でマリファナを吸っていると、川向こうに覆いかぶさってくるように巨大な山が見えたものだった。それはまるで街のように見え、頂上に雲を引っかけているその様は、シドニーの街とシドニータワー〔別称センターポイントタワー、AMPタワー。シドニーのショッピング地区センターポイントにある高さ三〇四メートルの展望タワー〕が雲をつかまえているのに似ていた。どちらにしても、麓は木々の要塞で囲まれていた。そして、アンバー・デイはこの大きな世界で意味のないちっぽけな存在で、何十億の役立たずの内のひとりに過ぎなかった。いや、他人の頭の中に捕えられていたのだから、それよりもさらに小さな存在だったに違いない。今、街の光景を目の前にして、アンバーは恐ろしくなった。街を通ってくる夕暮れの光を見て、彼女は脅えた。摩天楼の間を抜けてくる陽光の太い柱が、川のような森にぶちあたり、無数の破片に砕け散り、腐葉土や煙草の吸い殻、ミミズや生ゴミやゴキブリの巣で朽ちていくのを見るのは恐ろしいことだった。

　アンバーが早起きをして朝のシドニーの街路に出かけることがあったとしたなら、つぎのような光景を見ることができただろう。夜が明けたばかりだと、通りも歩道も清掃車が洗っていったばかりで、黒々としている。濡れた通りを、配送トラックのタイヤが甲高い音を立てながら走る。眠りから覚めた街が、新しい一日に備えて準備を始め、銀色のトレイの上には温かいロールパンとクロワッサンがのり、銀色のコーヒーメーカーからは通りのひんやりと湿った外気に向けて温かい蒸気が吐き出される。街じゅうの噴水が小さなのも大きなのもいっせいに開かれて、しぶきを上げる水の音が濡れた黒いアスファルトの上でいっせいに響き合う。夜の内、パトカーの青い光、テールランプの赤い光、市の清掃トラックの黄色い光で打ちのめされていた銅像にようやく表情が戻ってくる。ほんの数時間前まで波打つ大海原で泳ぎ回っていた魚が、新鮮なまま氷のトレイにのせられて、店先のガラス張りのディスプレイやレストランの冷蔵室へと運ばれていく。朝の奇妙なネオンの光を浴びると、魚たちの目は死んでいるようには見えない。その輝きはまるで自分たちが死んでいることに驚いているかのようだ。ラッシュアワーの街の地下を縫うトンネルを、銀河のように、百万の頭に生えた髪や、皮膚に囲われた何億もの細胞がうねりながら過ぎていく。専用車線を重々しい音を立てて駆け抜けるバスの箱の中には、染めた髪、シャワーで湿った髪が、それにさまざまな香水、ひげ剃り後に塗るローション、石鹸の匂いがすし詰めになっている。そして、そびえ立つシドニータワーには、小さな雲が、有刺鉄線に引っ掛かったまま、新しい日の光で焼き尽くされんとするぼろぼろの旗みたいに絡みついている。タワーの先端の赤い灯りが、透きとおった肌の下で点滅し脈打つ心臓のように、雲を透かして辛うじて見える。

　だが、アンバー・デイはこうした光景を一度も目にしたことがないのだ。なぜならウィンターが彼女を、ダーリングハースト・ロード〔ダーリングハーストとキングズクロスを通る道。北でマクリー通りに繋がる〕とヴィクトリア通り《ストリート》〔ダーリングハースト・ロードの隣の通り〕のつくる狭い三角地帯にヤク漬けにして縛りつけて、すっかり外界から切り離してしまっていたからだ。ウィンターがこしらえた、そんな狭くてうす汚い池の中でずっと生きていたのだ。今では、アンバーが引っ掛かった糸のリールを巻いているのはティックだった。やさしく針に掛けて。最初は、いちばん細い糸を使って。それから彼女が気に留めなくなった頃合いを見計らいながら、だんだん糸を太くしていく。それからバイク野郎のコーヒー、こいつで口にしっかりと針を食い込ませる。彼女はもう何も感じなくなっている。

アンバーは植物園のアスファルト舗装の小道をぶらぶらと歩いていった。植物の吐き出す酸素でいっぱいになった空気がとつぜんに押し寄せてきて、頭の中がすっきりした。圧倒され、植物園に特有の大気のせいでとつぜん寒気を感じて、自分がひどく空腹であることに気付いた。歩みを止めベンチに座り込むと、身体が軽いような、重いような気がして、植物園じゅうの音がとても大きく聴こえてきた。木の葉が互いに擦れる音、幹の立てるうめき声、つぼみの開く音、植物園の涼しい大気の中に入ってくるコウモリたちのひっきりなしのおしゃべり、無数のノドの鳴る音、うなる音、それぞれの音の輪郭を聴き分けられる気がした。外耳に擦り付けられるような感じで、自分の歯の音も聴こえていた。

アンバーが目を閉じ、深呼吸してからふたたび目を開けると、正面に幾つもの光の筋が現れ、また瞬く間に他の筋に置き換えられていくのが見えた。目を閉じたままでいると、熟れたトウモロコシの匂いが、それに、濡れた帆布や動物の革のきつい臭い、羊や牛の排泄物も臭って、さらにその向こうに、回転式草刈り機の刃の音や、木に降り落ろされた斧のかすかなこだまが聴き取れる気がした。ふらつきながらベンチを離れ、来た道をたどり直して植物園の外に出ようと、それともとりあえずまず自分の位置を測るために、馴染みのあるランドマークを見つけようと思った。彫刻のマッチの頭か、ウルムルー湾の向こう側のダーリングハーストやポッツポイント〔シドニーのキングズクロスの北にある地区〕にある高層アパートさえ見つかればいいのだ。だが曲がる方角を間違えたらしく、さらに植物園の奥に入り込んでしまった。

　アンバーは方向感覚をすっかり失いパニックに陥って、自分の孤独の真ん中に予想もしなかった穴が深く開いたのを感じた。木々の枝葉がつくる闇の下を酔っぱらったようにふらつきながら、しゃくり上げて泣き始めた。入り込んでしまった木々のトンネルの壁に閉じ込められ、彼女の中にあるすべてのものが叫び声をあげたがっていた。激しく身震いすると、やみくもに走り出したくなった。その時、遠くに鮮やかな赤のコートのようなものが左へと消えていくのが見え、アンバーはその色を追いかけていった。本能的に、その赤は暗闇に包まれつつある植物園の一部ではない、そうである筈はないと分かったのだ。コートが見えた道まで来て左に目をやると、シダ園が見えた。

　立ち止まって、温室になっているシダ園を見ていると、彼女の目から安堵の涙があふれてきた。植物園の自然のただ中に、鉛筆デッサンほどのものでしかない、辛うじて人工のものである枠をもったシダ園が見えただけなのに。

　中に入れよ、さあ、と声が言った。

　歩み寄るにつれ、鼓動が鎮まっていった。ティッシュを取り出し、涙を拭いた。シダ園に入ると、古代そのままに絡み合うシダの葉の向こうのどこかから、人間の声が聴こえてきた。アンバーの顔に微笑みが浮かんだ。身なりを整えて、心を落ち着けると、シダの葉むらの下で、ふたたび、彼女はこの世界に生きるただのひとりの人間になれた。

先史時代の植物のあいだにいると、温かさが戻ってきてほっとした。シダを観察していると、胞子の完璧な並び方や、すくすく育っている小さな尻尾のように巻いた若い葉に対する驚きと賞賛で、心がいっぱいになった。芽を出したばかりの若葉が今にも開きそうな様子、つぎつぎに開かんとする様にうっとりとなって、涙が止まらなくなった。恐れからではなく驚嘆から来る涙だった。自分の子供のことを思い出した。子供が、今、いっしょにいてくれているのだと感じた。そして、アンバーはその場所、温かいシダ園の中で、息子に語りかけなければならないと思った。マザーグースの唄を囁き声で口ずさむと、子供がかぶる青い毛布に描かれた白いふわふわの馬が外に抜け出してきて、鮮やかな緑のあいだを跳ね回るのが見えた。

馬たちを眺めながら、声をあげて泣き、そして笑った。この場所では、明け方も夕暮れもなく、生まれたばかりの若葉が彼女の周りでつぎつぎと開いていく。アンバーは思い出せないほど昔から忘れたままでいた、自分の肺の木にひんやりとした空気が出入りする感触を味わっていた。

いいひと　マンディ・セイヤー

"There Are Not Many Good People Left in the World" by Mandy Sayer

（下楠昌哉＝訳）

マンディ・セイヤー（Mandy Sayer）

1963年、ニューサウスウェールズ州マリックヴィル生まれ。子供のころはキングズクロスで長く暮らした。小説3作目の『クロス *The Cross*』は、キングズクロスが舞台となっている。クリエイティヴ・ライティングの学士と修士の学位をアメリカのインディアナ大学で授与され、在学中から小説、詩、短編小説を発表して、複数の賞を受けた。インディアナでは1年間教鞭を取った。処女作『ムード・インディゴ *Mood Indigo*』（1989）で新人作家を対象としたオーストラリア／ヴォーゲル文学賞を受賞。オーストラリア文学を研究し、シドニー大学から博士号。タップダンスを学び、ニューヨークでも公演をしたことがあり、複数のダンス教室やスタジオで講師を務めている。近年も短編小説集『十五種類の欲望 *Fifteen Kinds of Desire*』（2006）、2冊の回想録『ドリームタイム・アリス *Dreamtime Alice: A Memoir*』、『速度 *Velocity*』（2005）など旺盛に執筆活動を続けており、『シドニー・モーニング・ヘラルド』紙では、オーストラリアのベスト作家10人のひとりに選ばれている。

前方の老女が目に入ったとき、私は男に会いに行く途中だった。ランチに誘われていたのだ。離婚して以来、最初のデート。老女はほとんど二つ折になるくらいに身体を曲げて、庭のフェンスの鉄棒をつかんでいた。初めは、嘔吐しているか、何か大事な物を落としたのかと思った。しかし近づいてみると、過呼吸を起こしているのがわかった。

大丈夫ですか？　私は尋ねた。老女の肩に手をおくと、空気を求めて痙攣を起こしているのが感じ取れた。麝香《じゃこう》と饐《す》えたワインの臭いがして、マスカラは落ちかかっていた。

彼女は顔をあげると、手袋をした片方の手をかかげ、通りの先を指した。あそこなのよ、プラタナスの並木道の先を見ながら言った。並木道は、道路が湾《ハーバー》とぶつかったところで終わっている。まるで、彼女にしか見えない透明人間か蜃気楼に目を凝らしているかのようだった。灰色の眼はうるんでおり、泣いていたのだろうかと思った。手をかしてくれないかねえ？　私の手を取ると、強く握り締めた。今日は、足が言うことをきかなくて。

杖を渡して腰に腕を回してきたので、私は何も言い出せないまま、彼女を助けて通りを歩き出していた。歩き始めたばかりの子供のようなよちよち歩きだ。彼女を支えていると、腕が腹のやわらかな部分にめりこんだ。彼女が時折息を切らすので、回復するまで立ち止まらなくてはならなかった。彼女の姿は、癌で脳がおかされてしまう前の、祖母の最後の数ヵ月間を思い起こさせた。この女性がどうしようもなく気の毒に思え、家族は、少なくとも親身になってくれる隣人はいないのだろうかと思った。その時にはすでにデートに遅刻だったが、電話をかけることはできなかった。彼は、携帯を信用しないタイプだったからだ。私はこのランチのために、かなりのお金と時間を投資していた。新しい髪型（短く刈り上げ、ブロンドのメッシュ）、フェイシャル・エステ（スキン・スクラブ込みで一時間）、新しいサマードレス（涼しげな白の綿の生地で、とても七〇年代風）。

あんたはいいひとだね、何回目かの休憩をとった後、女が出し抜けに言った。近ごろは、いいひとなんてそうそういなくなったからねえ。彼女の呼吸はだいぶ整ってきており、もうひとりで歩けるのではないかと思ったが、私がそれを提案する前に、いっそう強く腰にしがみついて言った。もう一街区《ブロック》だけなのよ。

この時間になると、セント・ヴィンセント女子高の生徒たちが、校門からあふれ出ていた。何百人もの女子高生が、まるで青と白のギンガムチェックの津波が押し寄せるように、こちらに向かってくる。カバンを重たそうに背負い、おしゃべりをし、携帯でメールし、髪の毛を手で払っている。少女たちの波が近づいてくると、老女は歩道の真ん中で立ち止まった（当然、私もそうなった）。少女たちは川の流れのように、私たちを避けて左右どちらかに分かれなければならなくなった。老女は立ったまま目を閉じた。そのほうがにぎやかに響きわたる少女たちの声がよく聞こえるし、彼女たちがつけている安っぽい香水の香りを吸い込めるとでも思ったのだろう。

彼女らが通り過ぎてしまうと、老女はツンと顔をあげて、誰にともなしに言った。昔はステージで踊っていたのさ。この脚のおかげで、世界を十一回も巡ったのに。それから、矯正靴《オーソペディック・シューズ》の中で膨れ上がった長い靴下を履いた足を、見慣れぬものでもあるかのように見下ろした。彼女がかつて国から国を巡り、大海と大陸を渡りながら、飛び跳ねたり、爪先だって回転したりしていた姿を想像するのは難しかった。けれども、わずかにかすれた彼女の声と悲しげなまなざしには、少なくとも一部は真実なのだろうと思わせる何かがあった。私自身、サリー・ヒルズ〔シドニー中心街はずれの繁華街〕の教会のホールを利用して、ダンス教室を開いていた。というのは、前の夫が、私がバレエ団に加わってツアーに行くことをいやがったからだ。子供を持つこともいやがった。そのおかげで、私たちはだめになった。ところが別れて六ヵ月後、彼は、五歳の双子の女の子がいる母親といっしょに暮らしだした。

　太陽が、雲の後ろから顔を出した。ブロックの端に向かって彼女を導き、道路を渡った。ハーバーの水面はキラキラと銀色に輝き、空気には潮の香りが混じっていた。花を咲かせた蔓植物で覆われている平屋建ての白いコテージの前で、突然、彼女は立ち止まった。前庭では、パンジーとキンポウゲがそよ風に揺れている。ドアマットの上では、黒猫が丸くなって、三角形の陽だまりの中で昼寝していた。

　彼女は私のほうを向くと、うるんだ灰色の眼でこちらを見つめた。中に入るまでいてちょうだい、彼女は言った。親切にしてくれて本当にありがとうね。彼女がこんなにもきちんと手入れされた家に住んでいることに私は驚き、庭の手入れをどうしているのだろうかと思った。ドアに向かって庭の小道を進む間に一瞬だが、彼女はこのコテージの持ち主じゃないんじゃないだろうか、と怖くなった。痴呆症を患っていて、おそらくはウルムルー〔シドニー湾のそばの貧しい労働者階級がかつて集まっていた地域〕の、小便とナフタリンの臭いがする狭苦しい一間《ひとま》のアパートに住んでいるのではないか、と。

けれども、私たちがベランダにたどり着くや、チャップリン、と彼女は猫に声をかけ、鍵を探してバッグの中をごそごそとあさり出した。銀の輪っかに通された鍵を外側のポケットの中で、やっとのことで私が見つけ出し、ドアを開けてやった。居間に彼女を連れて行き、居心地よく整えられたアンティークのセンスのよさに、さらに驚くことになった。硬木の床は磨き上げられ、一部はペルシャ絨毯の敷物で覆われていた。サイドボードの上には、ピンク色のアールデコ調のランプが灯されている。壁には飾り鏡がいくつかかけられ、金メッキされた額縁の古い油絵が並んでいた。一方の壁面には、大理石の暖炉がある。灰と半分焼けた薪が、夏のひどい暑さにもかかわらず、老女が最近火を使ったことを示していた。炉棚《マントルピース》には、アルバムらしきものと空のカットグラスの花瓶しか置かれていなかった。

厚く詰め物をした椅子のひとつに、彼女を導いた。ああ、彼女は言った。お湯を沸かしてくれるかい？　お茶が飲みたくて。

壁にかかった時計をチラリと見た。すでに二十分以上遅刻している。しかし、彼女の膨れ上がった脚とメイクが流れ落ちてまだらになった青白い顔を見たら、もう行きます、とは言えなくなってしまった。

いいですよ、私は答えた。でもまず電話をお借りしていいですか？　エリスは携帯を持っていなかったが、レストランで彼をつかまえられるかもしれないと閃いたのだ。

彼女は微笑み、手を振って、隣のキッチンのそばの小さな卓を示した。そこには、古風な黒電話があった。番号案内にかけてから、チャリス通りのフラテリーズにつないでもらった。イタリア人の給仕に、エリスの特徴を説明した。六フィート半〔二メートル弱〕あって、髪は刈り込んだブロンド。いつもは野球帽をかぶっているんだけれど。給仕が漏らしたため息の調子で、エリスがそこにいたことが伝わってきた。ええ、彼は言った。隅のテーブルで、炭酸入りのミネラルウォーターを飲んでいらっしゃいました。

あわててエリスにメッセージを伝えてもらおうとすると、給仕は咳払いして付け加えた。あと、チップを五ドル置いていかれました。

私はがっかりして、電話を切った。三分の差で彼をつかまえそこねた。もう仕事に戻っているだろう。でも、職場の電話番号は知らない。

老女は猫を撫で、歌をひとり口ずさんでいた。私はキッチンにすべり込むと、コンロにやかんをかけた。ガラス張りの戸棚の中に、薬が並んでいるのが見えた。処方薬のプラスチック瓶、薬の箱、塗り薬のチューブ。全部に、ミス・ミリセント・ダーリング、という名前と地元の薬局の住所が印字されていた。

ミス・ミリセント・ダーリング、私はドアの向こうに声をかけた。可愛らしい名前ですね。

彼女は靴を脱ぎ、脚を革張りの足のせ台にのせていた。芸名だよ、あんた。引退したときに、その名前で通すことにしたのさ。

私は、ケアリー・グラントの本名がアーチボールドで、マリリン・モンローはその昔ノーマ・ジーンと呼ばれていたことを思い出した。本名は？　私は尋ねた。

プロってのはね、彼女は答えた。年だとか、元々なんて名前だったかとかは、決して明かさないものなのさ。彼女はこれを大きな声で告げた。まるで、まだ舞台の上で何かの役柄を演じているかのようだった。私はね、髪を撫でつけながら彼女は付け加えた。いつだってプロだったし、今でもそうなんだ。

彼女は、この文句を何度も口にしているような口ぶりだった。むかし出演した芝居の台詞の一部なのかもしれない。

私はジェインといいます、と言ってみたが、彼女は聞いていないようだった。やかんが沸騰する音が聞こえてきたので、紅茶を淹れた。ミルクを入れて、砂糖はひとつ！　と彼女。自分にはインスタント・コーヒーを淹れた。

彼女のそばにある花の刺繍がほどこされた椅子に、腰を下ろした。あんまりさびしかったから、この前、エホバの証人をふたり、家に迎えいれてしまった日があってねえ。二十年間、ウィーンにペンフレンドがいたのだが、その男性は数年前に動脈瘤で亡くなってしまったそうだった。彼女が感じる孤独に、涙を流しそうになった。離婚してから七ヵ月、孤独とはどういうものか知っていたから。

しんどいもんだよ。暖炉の中を見つめながら、彼女は言った。友だちみんなより長生きしちまうってのは。同じ思い出を持っているひとがいないんだから。結婚したことがあるかと尋ねたが、彼女は紅茶をすすって、暖炉の中を見つめ直しただけだった。一分ほどして突然陽気になると、芝居がかった様子で大げさに宣言した。ワイナリーへ行け！〔『ハムレット』の台詞のパロディ〕そして、マントルピースの上で光り輝く、琥珀色の液体のデカンターに向かって手を振った。

普段、昼間は飲まないのだけれど、この日の午後は予定通りに事が運ばなかったこともあって、二つのグラスに液体を注いだ。プラム・ワインのような香りがした。ミリセントは、グラスをかかげて言った。私の新しい特別な友人、ジェインに乾杯！　その乾杯の声に驚き、かなりとまどったが、なんとか笑みを浮かべて彼女とグラスを合わせ、一口ワインをあおった。

ジェイン、あのね、彼女は手を上げて、炉棚の上のアルバムを身振りで示した。あのスクラップブックを取ってくれないかい？

私は立ち上がった。いいわよ、ミリセント。

彼女は、私に微笑みを投げかけた。ミリーと呼んどくれ。

私はアルバムを手に取り、テーブルの上に置いた。カバーは固くて長方形で、角は擦り切れてぼろぼろになっていた。元々の色は、ピンクか鮮やかな赤紫色《フクシア》だったようだ。しかし、時が経過し、何回も手に取られることによって、麝香の香りが漂ってくるような灰色になっていた。

ミリセントは居住まいを正すと、身を乗り出した。わかってると思うけど、このスクラップは自分でやったんじゃないんだよ。忙しすぎたからね。姉がやってくれたのさ。イーディスっていってね。死んだときは八七だった。

自然死ですか？　会話をつなごうとして、私は尋ねた。

ミリセントは首を振った。ある朝、教会に向かって歩いていたんだよ。そしたら、えらく高いところからエアコンが落ちてきて、頭にぶつかってね。

ジョークを言っているんじゃないだろうかと思った。ワインをごくりと飲み、彼女の顔をうかがった。残念ながら、真実を語っているのだと結論づけなくてはならないくらい、悲しくノスタルジックな表情をして、彼女は暖炉を見つめていた。

老女はいきなりまた陽気になったかと思うと、スクラップブックを開いた。まるでそれが、ますますひどくなる憂鬱症のための薬にでもなるかのように。椅子をそちらに寄せて見てみると、最初のページには、セーラー服を着た少女の黄色くなった新聞記事がクリップされていた。カメラに向かって誇らしげに敬礼している。誰が書いたのか、その下に青いインクで、「ワンガラッタ、一九三四年」〔ヴィクトリア州の地方都市〕とあった。

あたしの初舞台さ、彼女は言って、ひとり微笑んだ。彼女はアルバムのページをものすごく慎重に、一ページ一ページ、上の端を親指と人差し指でつまんでめくりだした。あたかも、稀覯本の古い聖書のページをめくっているかのようだった。彼女がそうしているのを眺めているうちに、私の目の前でミリセントはむさくるしく垢抜けない子供から、内気そうな胸のない十代の女の子へ、ロンドンのロイヤル・フィルハーモニーの音楽会で軽くて薄いチュチュを着て『ジゼル』〔一八四一年パリ初演。主役ジゼルの難度が高いことで有名〕のプリマドンナを務める落ち着き払ったバレリーナへと成長していった。ステージ上で跳躍している写真の中の筋肉質の脚が、静脈瘤が膨れ上がって脈打っている、今、目の前にある脚と同じものとはにわかには信じられなかった。

ある写真で、彼女はちょっと膝を曲げて会釈をしていた。唇と高い頬骨は、後からピンクで着色されており、頭には黄色い花の冠が、光輪のように載せられていた。すごくきれい、セピア色になった写真の端に触れながら、私は言った。

そうだろう、ミリセントは答えた。彼女は私を上から下まで舐めるように見て、目を細めた。あんた、もうちょっと何とかしたら？

心中穏やかでなくなって、ワインをすすった。たぶん、私の新しいツンツンの髪型が気に食わないのだろう。美容師だって、少し切りすぎちゃったかしら、と思ったくらいなのだから。

ちょっとメイクを足すだけで、驚くぐらいよくなるはずさ。ファンデーションとマスカラで、あんたの目元は引き立つだろうね。

鏡に映っている自分に目をやりたくなるのを、必死で我慢した。化粧に凝ったことはない。けれども、ミリセントにそう言われてしまうと、すぐにでもここを飛び出して、パウダーと口紅と頬紅にお金を注ぎ込みたくなってしまった。私がしている化粧といったら、アイライナーをちょっと引いて、いちごのリップクリームを塗っただけ。若いころのミリセントの健康的な美しさと比べてみると、あまりに素っ気なくてつまらない。

スクラップされた写真は色褪せ、アルバムの端っこは、フケを散らしたように見えるくらい粉をふいてボロボロになっていた。劇の宣伝用のビラや、本物のプログラム、航空機の臨時便のチケットもあった。家族の写真はなかった。恋人の写真さえも。

ところでミリー、私は言った。お子さんはいらっしゃるの？

彼女は顔をしかめると、口を尖らした。私が馬鹿げた質問をしたか、とんでもないステップの間違いをしたかのようだった。あたしが自分の子供や孫に囲まれて楽しい思いをしているのなら、エホバの証人たちをもてなすなんて思うかい?

私はまた、ワインをごくりと飲んだ。体が火照り、ちょっと目眩を感じ始めていた。

ミリセントは、グラスの縁を指でなぞり始めた。そりゃ、欲しかったさ。正確に言うと、三人欲しかったね。でも、あたしの旦那はそうじゃなかった。あたしたちは、いっしょにニューヨークで踊ったものさ。『白鳥の湖』、『赤い靴』、『シェヘラザード』。あたしが四四になって、妊娠するには年をとりすぎたころ、若い女に乗りかえちゃったよ。『マイ・フェア・レディ』のコーラス・ガールのひとりでね。男の子を三人、三年続きで産んでいたよ。彼女は話を切ると、ワインを一気に飲み乾した。

彼女のグラスにワインを注いでやり、自分のグラスもなみなみと満たした。またしても、彼女に深く同情した。彼女が決して持つことがなかった子供たちのために。今日この日と死を迎えるまでのあいだに彼女が味わえる幸せは、なんと小さなものだろう。私は生涯に三人の恋人しか持ったことがなく、あと何人の気を惹けるかは定かでない。私は三五で、時間は尽きかかっている。身体はまだしなやかだし頑健だが、チャーミングで陽気でいよう、という気持ちが挫けるくらい落ち込んでしまう時がある。エリスに出会うほんの数週間前、私は霊能者のところを訪れた。かなり若いときに堕胎をしたことがあるだろうと言われ、極端に几帳面だと言われ、死んだ父親を愛しているのだとまで言われた。さらに彼女が言ったことには、自分のことより他人のことを優先してしまう傾向があり、もっと自己主張する必要があるのだそうだ。ところが私の未来のこととなると、曖昧で一般的なことしか言わず、私の進む先には霊能者の注意を引くほどのことは何もないかのようだった。その時は、たぶん私はすぐに死ぬんだと思い、霊能者はそれを知っていてあたり障りのないことを言っているのだろうと思った。ところがあの午後、ミリセント・ダーリングの家の居間に座っていて、私は確信した。自分の人生における最良の日々はおそらくすでに過ぎ去っており、いつか私も通りで見知らぬひとを呼び止めて、家に送ってくれと頼むようになるのだろう。

急に眠くなって、息が切れた。おそらくワインのせいだったのだろうが、そのころには、老女の孤独が空気そのものの中に漂い、私に感染し始めているかのようだった。パニックの波に襲われ、急いで家に帰り、エリスの留守電にメッセージを残そうと決意した。謝って、なぜレストランで会いそこねたのかを説明するために、もう一度デートの約束をするために。もう失礼しなくては、私は言って、グラスを置いた。彼女は私の言うことを聞いているようには見えなかったが。

失ってしまったものの中で、あたしが一番さびしいと思っているものが何だかわかるかい？ ミリセントが言った。

彼女はこっちを見てはいなかったが、私は首を振った。

花だよ、彼女は言った。正確にはバラさ。夫がね、公演の初日にはバラを一束くれたんだ。二一年間、公演初日の晩に必ずね。

私は立ち上がり、ドレスの皺を直した。炉棚の上の空の花瓶に目をやると、ひどい目眩がおそってきた。高いビルの屋上の端っこに立っている気分だった。

もう行かなくっちゃ、私は言った。でもまた来ます。

彼女は、あのうるんだ灰色の眼で私を見上げた。いつもみんな、そう言うんだよ。来ますって、私は言った。明日来ますから。

ミリセントは鼻を鳴らし、両の手を握り合わせた。エホバの証人だって、戻っては来なかったんだ。

ランチにサンドイッチを持ってきますよ、私は約束した。アルバムの残りをいっしょに見ましょう。

ミリセントは微笑み、手を差し伸べて、私の袖に触れた。ああジェイン、彼女は言った。私の新しい特別な友だち。近ごろは、いいひとなんてそうそういなくなったからねえ。

私は身体を屈めて、彼女の頬にキスをした。クレープのように柔らかくて、枕にキスしているように感じた。

今日、あんたと知り合いになれて嬉しかったよ、彼女は付け加えた。

私もです、完全にそう思っていたわけではなかったが、私は言った。

外に出ると、最短距離で自分のアパートに戻った。手を震わせながら、エリスの電話番号をダイヤルした。そのあいだ、留守電のスイッチが入ったら何と言おうか、リハーサルをした。私は待ちに待った。呼び出し音が五回、十回、二十回。首の筋肉が張ってきた。けれども、日付と時間を残すように促して気を引き立ててくれるようなメッセージは、私が手にした受話器から聞こえてはこなかった。とうとう電話は切れてしまい、私はしぶしぶ受話器を置いた。そのときすでに、彼から二度と連絡はないだろうと悟った。

眠れない夜を過ごした。やっとウトウトしたと思ったら、悪夢を見た。ミリセントの悪い脚が私の身体にくっついた状態で、七歳の少女たちに爪先立ち《ポワーント》を教えなくてはならなかった。別の夢では、元の夫が十一人の子供の父親になっていた。子供の母親は全部いっしょだ。目が覚めたときには冷たい汗をかき、両腕に湿疹が出ていた。

その後、シャワーを浴びて服を着た。疲れ果てていたにもかかわらず、ミリセントとの約束を守ろうと決心していた。あのときには、まだ宿命《カルマ》を信じていたし、一度関わりあいになったものを簡単に放り出したりする気にはなれなかった。外出してギリシア産のオリーブとグルメ・サンドイッチと高価な赤ワインを一本買い、自分を奮い立たせた。普段は、私は美食に走らない——太ったダンスの先生に娘をたくす母親がどこにいて?——でも六週間の休み中であるし、一日ぐらい快楽に耽るのが、自分とミリセント・ダーリングにとってはとてもいいことなのだ、と私にはそのとき思えた。

その日の午後も暑かった。彼女の家に向かって歩いていると、ダーリングハースト通り《ロード》のプラタナス並木のあいだから、日の光が射し込んできた。花屋を通りかかったとき、何種類もの花と茎の長いシダが、窓のところに並んでいるのが目に入った。我慢ができなかった。どうしても、彼女を喜ばせたくなってしまった。そこで、手持ちの現金の残りを、十二本のバラと、明るい緑のリボンをつけてそれをラッピングしてもらうのに使った。薬屋の前を通りかかったときには、店の中に入ってサンプルで化粧して行こうと決めた。頬には透明感を出すパウダー、バーガンディ色の口紅。レジ係がマスカラをつけるのを手伝ってくれた。

コテージに着くころにはちょうどお昼で、汗の染みがわきの下に浮き出ていた。門はすでに開いており、私はベランダへ向かって庭の小道を急いだ。猫のチャップリンの姿はどこにも見えなかった。自分が約束を守ったのだという事実に興奮し、こんなに早く私が戻ってきたのを知ったら、ミリセントがどんなに驚くだろうかとワクワクした。花束をプレゼントしたときに、彼女の顔に浮かぶ表情を見るのが待ちきれなかった。

ドアの呼び鈴を鳴らし、待った。そよ風がハーバーから吹いてきて、船がポンポンと音をたてて行くのが聞こえた。居間のカーテンが動くのが見えたように思ったので、呼び鈴をもう一度鳴らした。すごく長く思える時間が過ぎ、ゆっくりとした単調なリズムで近づいてくる足音が聞こえた。

誰だい？　ミリセントの声は、あいかわらず尊大でよく通った。

私よ、私は言った。ジェインです。

彼女は三度咳をした。誰だって？

ジェインですって、私は繰り返した。昨日お会いした。

長い沈黙があり、それから、彼女が自分に向かって何かしゃべっているような、低い呟き声が聞こえた。

お家まで送ってあげましたよね、覚えているでしょう？　あなたの新しい特別な友だちです。

さらに呟き声がして、鍵がジャラジャラ鳴る音がした。ようやく、鍵がカチリと音をたてるのが聞こえた。扉がほんの少しだけ開き、ミリセント・ダーリングが困惑して警戒しているような顔をひょいとのぞかせて私を見た。彼女はまだ昨日と同じ黒いドレスを着ており、これもやはり、昨日と同じ長い靴下を履いていた。

何の用？　彼女は尋ねた。手はドアの枠をつかんだままだ。

また来たんですよ、私は明るく言った。ランチを持ってきたんです。それに、これ、あなたに！

私はバラを差し出したが、彼女はその向こうから、それが存在しないかのようにこちらを見ているだけだった。

誰なの、ミリー？　誰かが家の中から声をかけた。ミリセントが答えようと振り返ると、ドアがさらに開いた。私ぐらいの年の女性が、私が昨日座ったのと同じ椅子の上にちょこんと腰掛けているのが見えた。コーヒー・テーブルの上には、ワインのデカンターと満たされたグラスが二つ。ミリセントのスクラップブックが開かれており、女はそこから目を上げると、私を頭のてっぺんから爪先までじろじろ見た。私の化粧と黄色のドレスを目にして、いやなものでも見たような顔をした。

誰でもないよ、ミリセントが叫び返した。彼女はこちらに向き直って、しかめっ面をした。ほら、もう帰っとくれ、彼女はドアを閉めながら言った。邪魔しないどくれよ。

【解説】

文化の混淆《こんこう》——現代オーストラリア短編小説と国家への帰属意識《ナショナル・アイデンティティ》

ケイト・ダリアン＝スミス
（有満保江＝訳）

ある国の文学作品は、読者にとって時にひとつの窓としての役割を果たしてくれるものである。読者は窓越しに、その国のある時代の精神を形成する不安や希望を垣間見ることができる。最近、オーストラリアで書かれている小説は、まさにそうした役割を果たしているといえよう。しかし多様性豊かなこれらの作品は、オーストラリア以外の国ぐにではあまり知られていないのが実情である。現代のオーストラリア文学の重要なテーマは、オーストラリア人が個人として、あるいは集団として、自分の居住する場所、あるいはオーストラリアという国家に対して、どのような帰属意識をもつかということである。ここに集められた短編小説では、こうしたテーマが、文学的想像力の世界のなかで展開されている。

オーストラリアの文化は、ヨーロッパ人植民者と古くからの大陸の所有者である先住民との間の、暴力的ともいえる文化的、物理的衝突の遺産を受け継いでいる。またオーストラリア文化は、一七八八年にイギリスの最初の船団がシドニー湾に到着し、流刑植民地が建設されて以後、「南の偉大なる土地」を訪れる移民たちがもち込んだ生活習慣や思想によって形成された。一九世紀になると、イギリスからの移民にとって植民地は、「労働者の楽園」としての役割を果たすようになった。一九〇一年に連邦が結成され、オーストラリア国家が誕生すると、平等主義という価値観とともに社会的、政治的な発展が謳歌されるようになった。二〇世紀になるとオーストラリアはふたつの世界大戦を経験し、これらの経験はオーストラリア社会に大きな影響を与え、国家を経済不況やにわか景気、小規模ながら数多くの混乱に巻き込んでいった。戦後の新しい移民はオーストラリアの民族構成を大きく変え、人口統計学的にも重要な変化を与えた。こうしたできごとは、国家的規模おいても国際的規模においても、「国家《ナショナル》への帰属意識《アイデンティティ》」の問題を議論するための背景を与える起動力となった。この問題は現在もなおオーストラリアにおいてさかんに議論されている。

オーストラリア文学は、オーストラリア人とは何かを定義づけする際に、歴史的に重要な役割を果たしてきた。植民地文学は、イギリス帝国のはずれの、イギリスとは明らかに異なる自然環境にある遠隔の地に、イギリス人がいかに「新しい」イギリス人社会を形成していくかについて探求した。一九世紀末にはナショナリズムの気運が高まり、ヘンリー・ロースンやバンジョー・パタースンのような「ブッシュ派」の作家たちが、オーストラリアの奥地の開拓労働者たちの人間像や、彼らが経験した苦難を作品に表現した。文学は、オーストラリア人が明確な「自己認識」を捉えるための情報として重要な役割を果たした。二〇世紀の前半のオーストラリアの小説や詩は、オーストラリアの風景と、移植されたイギリス社会の経験を映しだすことに執心しつづけた。しかし、印刷産業が主に海を越えたイギリスにあったため、オーストラリアの作品はオーストラリア人読者ではなく、イギリス人読者を想定したものがほとんどだった。一九四〇年代と五〇年代は、新しいナショナリストの情熱がふたたび高まり、経済がいっそう拡大した時期であるが、この頃までにはオーストラリアの出版産業も成長し、オーストラリアの経験を作品に投影することに新たな自信をもちはじめるようになった。ノーベル文学賞受賞者のパトリック・ホワイトは、オーストラリア社会への批判（ことに都会生活者に向けられた）と、人間存在に関する普遍的なテーマを作品のなかに織り込むようになった。

一九五〇年代からのオーストラリア社会は、大量移民計画によって大きく変容した。この移民計画は、国の産業の拡大とともに労働力に依存する国家の経済優先主義に従ったもので、多くの移民がこの計画のもとにオーストラリアに流入した。新しい機会を求めてやってきた移民は、依然イギリスからの者が多かったが、加えて北ヨーロッパ、中央ヨーロッパ、それに南ヨーロッパからの移民も大勢訪れた。一九七〇年代までには、中近東や東南アジアからも大量に流れてくるようになった。非英語圏からの移民の急速な流入は、オーストラリアの文化や日常生活に深刻な影響を与えた。そして一九七〇年代までには、人種差別的な、とくに非ヨーロッパ系の移民に向けられた悪名高い「白豪主義」の最後の名残りが廃止された。その後オーストラリアは公式に多文化主義政策を採用し、異なるエスニシティや民族的背景を、より広義における想像上の国家像に適用させることになる。

年表のなかのほんの二、三十年という間に、人口の九八パーセントをイギリス系が占めていたオーストラリアは、世界でもっとも文化的多様性をもつ国へと変化した。二〇〇六年のオーストラリアの国勢調査によると、五人のうちの一人以上が海外生まれで、海外生まれの人口の上位五位を占めるのは、イギリス、ニュージーランド、中国、イタリア、ベトナムの順である。また、同じ国勢調査によると、家庭内で話される英語以外の言語は四〇〇語以上となっており、その上位を占めるのは、イタリア語、ギリシア語、中国語（広東語）、アラビア語、そして標準中国語となっている。[1] 家庭で話される言語のなかで、アジア系言語が増加しヨーロッパ系言語が減少しているのは、移民の出生地の最近の傾向を反映しているといえよう。近年、最も早い速度で成長しているのは、中国とインドからの移民人口である。オーストラリアはまた、戦争や政情不安定な国ぐにで生まれた人びとに避難所を提供し、スーダンや、ジンバブウェ、アフガニスタンそしてイラクなどから訪れる人びととの、小さくとも拡大しつつあるコミュニティを受け入れている。文化の多様性は、オーストラリアの都市や町において明らかに目に見えるものとなり、またオーストラリアの「生活様式」になってきている。

オーストラリア社会における民族構成がこのように変化していく過程のなかで、民族同士の間には常に緊張感があった。おそらく、そのなかでもっとも顕著なものは、二〇〇五年一二月にシドニー郊外の海岸、クロヌラ[2]で起きた「中東系の風貌をした」人びとが襲撃された事件であろう。この事件は、多文化主義の表面的な理解には限界があることを浮き彫りにした。保守的なジョン・ハワードが政権をとった時期（一九九六年〜二〇〇七年）と奇しくも重なるが、この十年間はオーストラリアに移民を受け入れる基準について、また難民の強制拘留について、公開討論が盛んに行なわれた時期でもある。これらの問題は、政治的にたいへん微妙なものであり、また激しい議論の的でもあった。現実的でかつ象徴的な方法でなんとか解決しようと現在模索中の、白人と先住民の間の「和解」の問題もしかりである。オーストラリア政府が、二世紀にわたってアボリジニの文化を侵害し、彼らの土地を奪ってきた事実は、オーストラリア国内では充分に認識されており、それゆえ現在のアボリジニのコミュニティで蔓延する貧困と疾病に対して、オーストラリア政府はその政治責任が問われている。これら国内で起こっている問題は、直接的にはオーストラリアとアジア・太平洋地域との関わり、さらにはその他の地域——ヨーロッパやアメリカなど——との文化的、経済的なつながりを形成するグローバルな動きと並行している。このように現代のオーストラリアでは、いくつかの次元において、またいくつかの方法によって、「文化の混淆」が進行している。文化的差異や文化交渉といったテーマは、現代オーストラリア文学において支配的な位置を占めているといえよう。

オーストラリア社会の民族構成の深層部における変化は、一九七〇年代以降のオーストラリア文学に大きな影響を与えた。「多文化文学」という表現は、非英語圏からの移民が書いた小説やドラマ、詩などに用いられた。彼らの作品では、しばしば移民の経験が、たとえば、新しい社会に適応する際に生じる困難や新しい言語との格闘、またさまざまな希望や期待などが語られた。一九八〇年代と九〇年代の、親の代や祖父母がオーストラリアに移住してきた「第二世代」や「第三世代」に属する作家は、オーストラリアで過ごした成長期の経験を作品に書いている。彼らの時代になると、多文化主義はすでにオーストラリア社会に定着していたが、日常生活においては「文化的混淆」によって引き起こされる複雑で微妙な問題も存在した。自分自身がもはや移民と呼ばれる世代に属していない作家たちは、オーストラリア国内の、あるいはオーストラリアと海外とのあいだの文化の交わりについて、また過去や現在進行中の衝突や影響関係について追究する方向に向いている。ますます「国際化」されていく状況は、最近のオーストラリア文学の最も大きな特徴である。そしてまた、女性作家たちの活躍も目立ってきている。

二〇世紀末になると新しい声がオーストラリア文学に響くようになる。最初のアボリジニ作家、コリン・ジョンスン（後にマドルールーに改める）が登場したのは一九六〇年代のことである。一九八〇年代になると、アボリジニにも教育の機会が広がり、彼らも作品を書くようになる。出版社も熱心に彼らの作品を出版し、アボリジニ文学が次第に世にでるようになった。アボリジニ作家は伝統的な口承伝説や民間伝承を作品として発表し、またアボリジニの伝統的な物語と西洋の伝統的な物語を結合させて物語を創作した。さらに、植民地時代の抑圧の経験を作品のなかで語ることもあった。アボリジニの集団としての、あるいは個人としての喪失というテーマ、今なお闘争がつづく差別問題、政府に対する希望や家族の絆といったテーマは、いわゆる「黒人文学」と呼ばれる作品に一貫して流れている。キム・スコットの文学賞受賞作品である『ベナン』には、入植者とアボリジニ双方の撹乱された歴史が描かれているが、「人種」とは何か、「白人」とは何かという問題も、最近のオーストラリアの文学の主要なテーマとなっている。

最近のオーストラリア文学に共通するテーマのひとつは——作家自身の文化的背景に関わりなく——国家の歴史を再検証することである。一九九〇年代から、学校の教科書や公式の場で、オーストラリアの過去について語る際に、どのような出来事を記述すべきかについての議論が紛糾している。これは、一般的に「歴史戦争」と呼ばれる。入植者の経験や白人植民者とアボリジニとの間の衝突や混乱を厳密に調査し、それを小説に描こうとする気運が、作家の間で近年ますます高まっている。多様なオーストラリアの歴史が、文学においても語られるようになった。主流派社会とは「異なる」歴史、移民が体験したさまざまな歴史、オーストラリアとそれ以外の地域（とくに今後さらに関係が深まるアジア）との関係の歴史などが繰り返し語られている。歴史への強い関心と、遠い過去、近い過去が現代社会を規定するという方向づけとが相俟って、オーストラリアの作家たちは、多元的で客観的な視点から、さまざまな声でオーストラリアの歴史を語っている。

＊＊＊

この短編小説集に収められている物語は、子供時代について語るものが多い。とくに家族の歴史とオーストラリアの歴史が絡みあいながら、子供の内面に与えている影響を扱うものが多い。作品のなかでは、歴史の亡霊――移民家族や、アボリジニの子供たちを親元から引き離した人種差別的な政策、あるいは個人の心の奥底に埋もれている秘密など――が、連綿と繋がっていく世代のなかから浮かびあがってくるように思われる。その場合、子供が常に物語の中心に位置し、戦争や人種差別、喪失感などによって色づけされた大人の世界を、純粋無垢な目で観察している。ニコラス・ジョーズの「ダイヤモンド・ドッグ」では、近隣に住む子供たちの恐れ知らずの友情が、人種差別的な大人たちを次第に融合させていく。デイヴィッド・マルーフの「キョーグル線」は、一九四四年に両親や姉とともにでかけた家族旅行の記憶を綴った作品である。マルーフの父親はレバノンからの移民の息子であるが、ブリスベーンからシドニーへ向う列車で、まだ幼い主人公が父親とともに三人の日本人の戦争捕虜を目撃したとき、父親が非主流の「オーストラリア人」として感じている動揺を、子供の視点で鋭く感じとっている。ティム・ウィントンの「隣人たち」では、若い白人夫婦が子供の出産をとおして、活気あふれる移民のコミュニティの人びとに溶け込んでいく様子が描かれている。

いくつかの作品のなかでは、外国での新生活に伴う困難さや、世代間によって生じる理解のギャップが描かれている。リリー・ブレットの「休暇」は、第二次世界大戦後のユダヤ系移民を描いた作品である。彼らの多くは大量虐殺によって家族を失い、想像を絶するほどの喪失感を味わっているが、作品では、そうした喪失感を断ち切るために、新天地で新たな友情の絆を結ぼうとするユダヤ系移民の切々たる思いが綴られている。エニッド・デ・レオの「人生の本質」は、イタリア系移民の家長が過酷な労働に耐え企業家として成功するが、この世の終焉に備えて食料を貯蔵するなど、苦労人的価値観ゆえに家族の反発を買い、彼自身が家族に拒否されてしまうという物語である。トレヴァー・シアストンの「アリガト」は、パプアニューギニアが舞台となっている。年老いた村人が、第二次世界大戦中に、日本とオーストラリアの兵士がいたことを記憶している。ここで再び、異なった文脈ではあるが、個人的な戦争の遺産が時間と世代を超えて語られている。

食べ物もまた、親と子、文化間を結びつける役割を果たすものである。ロロ・ハウバインの「マーケットの愛」では文化的混淆がテーマとなっており、食料品市場《マーケット》が理想的な文化の「坩堝《るつぼ》」としての役割を果たしていることが窺える。マーリンダ・ボビスの「舌《タン》の寓話」では、「共有する舌」というイメージを中心に物語が展開し、文化的に異なる味覚が融合され、異なる言語が新しく生き生きとした人間関係のなかに溶け込んでいく過程が讃えられている。言語のもつ力については、スニル・バダミの「沈黙夫婦」の中心的なテーマとして登場する。この作品では、父親の物語を語る能力が、片田舎における彼らの受容と帰属を明らかにしている。

多くの物語が、共同体や家族における文化の混淆を強調しているのに対して、エヴァ・サリスは「カンガルー」という作品で、オーストラリアの国土の広大さと人口の希薄さを強調し、空虚なオーストラリアの環境に対する怒りと敗北感を衝撃的な筆致で描いている。また、ウーヤン・ユーは「北からやってきたウルフ」

で、祖国や家族を失った移民がしばしば経験する強い疎外感を追究している。ユーが描く主人公は、クリスマスの買い物客でにぎわう街をさまよい、顔の見えない群衆と融合し、その中で自分自身の過去を忘却しようとしている。

サリー・モーガンの「手紙」とファビエンヌ・バイエ＝チャールトンの「ピンク色の質問」は、いずれもオーストラリアの歴史に存在した「盗まれた子供たち」に関わる作品である。オーストラリア政府は二〇世紀初頭、人種差別として悪名高い「白豪主義」政策を掲げたが、その一環として、白人男性と先住民女性との間に生まれた子供たちを先住民の親元から引き離す「同化政策」を実施した。当時のオーストラリア政府はこれを、先住民のための善意の政策として捉えていた。モーガンとバイエ＝チャールトンの作品は、このような「盗まれた子供たち」が現代のオーストラリア社会にどのような影響を残しているかを探るための、あるいは現代のオーストラリア人が過去と向きあうための手段としての役割を果たしている。これらの作品でも再び、子供たちが物語の震源地となっているが、それと同時に希望と喪失という相矛盾する概念のシンボルとして描かれている。モーガンの作品は、過去を乗り超えて再会を果たす物語であるが、バイエ＝チャールトンの作品は、過去の遺産が明るい未来への脅威となることを示す物語である。キム・スコットの「捕獲」もまた、植民地時代のオーストラリアの経験が歪んだ比喩として描写されている。

場所に対する帰属意識は――それが片田舎の町であろうと奥地の道路であろうと、また大都会の郊外であろうと――当短編小説集の全作品に流れるテーマである。マシュー・コンドンとマンディ・セイヤーは、現代のシドニーを、目まぐるしく移り変わるコスモポリタン的大都会として、また「喪失感」やとり戻した

「過去」の陰鬱な背景として描いている。コンドンの「息をするアンバー」の主人公にとってシドニーは、可能性と絶望を秘めた場所であり、自己破滅的な麻薬中毒者が目にする風景でもある。セイヤーの「いいひと」に登場する女性の語り手の未来は、老女との偶然の出会いによって予言されている。二人の女性主人公は家族や子供のいない世界をさまよっているが、彼女らの物語は現代の都会生活者、すなわち、方向感覚と秩序を失ってしまった「疎外者」としての存在を暗示している。これらの作品は、現代社会における多様化は、民族あるいはエスニシティに限られたものではなく、経験においても広く当てはまることを読者に思いださせてくれる。

ここに収録された作品は、ますます複雑化、多様化する現代のオーストラリア社会が生みだした、オーストラリア独自の視点と物語をもつ短編小説である。文化の混淆が起こることによってオーストラリア文学は、多文化社会のコミュニケーションの方法、「差異」という問題を解決できる方法、正当で公平な社会を求める方法、そして文化的多様性が生み出す豊かで純粋なエネルギーを表現していく新しい方法を見いだそうとしている。

1　Australian Bureau Statistics, *Selected 2006 Census Facts and Figures.* 人口の傾向と国勢調査の報告を概観するには、次のサイトを参照のこと。http://www.abs.gov.au

2　クロヌラ（Cronulla）で起きた事件については、次の資料を参照のこと。Scott Poynting, "What caused the Cronulla riot?", *Race & Class, 48(1)*, 2006, pp.85-92; Aileen Moreton-Robinson and Fiona Nicoll, "We Shall Fight Them on the Beaches: Protesting Cultures of White Possession", *Journal of Australian Studies, 89*, 2006, pp. 149-60.

あとがき

オーストラリアの文学作品の日本への紹介は、英米の文学作品に比べると、その数において圧倒的に少ない。オーストラリアの文学作品が翻訳されるようになったのは、一九七三年にパトリック・ホワイトがノーベル文学賞を受賞したときにはじまったといえよう。その後、彼の代表作である『ヴォス』や『叔母の物語』などが日本に紹介され、オーストラリア文学の存在がにわかに知られるようになった。やがて開拓時代の国民作家として人気のあったヘンリー・ローソンの作品集や、短編小説集が紹介され、つづいてオーストラリアの文学史が翻訳された。オーストラリアの文学が英語圏文学のひとつとして、英米文学の仲間入りをはたしたのである。そしてザヴィア・ハーバートの超大作『かわいそうな私の国』が出版されると、白人による先住民迫害の事実が明かされ、入植以後のもうひとつのオーストラリアの歴史が日本でも知られるようになった。しかし、一九七〇年代から八〇年代はじめにかけて日本に紹介された作品といえば、アングロ・ケルティック系オーストラリア人作家、つまりイギリス系作家による、白人中心主義的視点で書かれたものがその大勢を占めていたといっていいだろう。

一九七〇年代以降、オーストラリアは多文化主義政策を導入した。一九〇一年の連邦政府結成とともに掲げられた「白豪主義」は廃止され、オーストラリアは単一民族国家から多民族、多文化国家として歩みはじめたのである。オーストラリア人たちは、「民族」や「言語」、「文化」で統一された国家のアイデンティティ

あとがき

を追求するのではなく、多様な民族や文化の間にある「差異」によるアイデンティティを追求するようになった。オーストラリア文学は、従来のアングロ・ケルティック系作家に加えて、さまざまな文化的、民族的背景をもつ作家たちが、多様なアイデンティティを表象するものとなっていったのである。

多文化社会のなかから生まれる文学作品は、それまでの作品と大きく異なっている。その最大の特徴は、非アングロ・ケルティック系の移民作家が作品を書くようになったことである。彼らは、オーストラリアを訪れる以前のそれぞれの出身国での体験や、オーストラリアでの移民としての経験を綴った。この傾向はことに多文化主義政策が導入されはじめたころに強くみられた。移民作家たちは、従来の白人作家のように歴史や文化を共有する読者に向けて書くのではなく、自らが属する、読者とは異なる歴史や文化を読者に伝えている。本短編小説集にもそうした作品が少なからず収められているが、本国での体験や、オーストラリアでの移民としての経験を綴ることは、多文化社会の初期の段階においては避けられないものだった。こうした作品は、ともすれば文化人類学的、社会学的資料としての役割を果たすこともあるが、作家の想像力によって描写された作品は、単なる事実が記録された報告などにはみられない、読者の心に強く訴えるものが感じられるであろう。

しかしながら、多文化が進むにつれ、文化間の差異は次第に移民作家たちの主たる関心事ではなくなっていった。二〇〇〇年を超えるころには、多文化社会のなかで文化的混淆が進み、いわゆる祖国を失った者たちの「ディアスポラ文学」が注目されるようになる。「ディアスポラ文学」の特徴は、文化的混淆のなかから生みだされる、ときには非現実的で寓話的、また空想的、幻想的な要素が強いということであろう。以前のオーストラリア文学からは生まれることのなかった新しい発想の小説が、作家たちの手によって書かれるようになったのである。こうした作品では、文化的差異あるいは文化のボーダーが消滅し、作家たちの記憶や意識下に埋もれている彼らの文化的起源が、さまざまな形で表出されている。したがって、ごく最近のオーストラリア文学は、多文化社会の形成初期段階のように、文化的差異が強調されるというよりはむしろ、さまざまな文化が混ざりあった複雑で奇想天外なものへと変容しているといえよう。むろん、文化のグローバル化が地球規模で進行している現在、国家や民族、文化という枠を超えた文学が現代の世界に共通する傾向となっていることはいうまでもない。

グローバル化が進行する混沌とした現代において、オーストラリア文学はまぎれもなくオーストラリアの地で生まれた作品である。この短編小説集をとおして、オーストラリアから生まれる作品の特殊性を感じていただくと同時に、現代を象徴する普遍性を読みとっていただければ、編者のひとりとして幸いである。単一民族国家から多文化社会へと変容し、文化的混淆の時代へと移り変わっていく過程において、オーストラリア文学のみならず、文学そのものの変容が読者に伝わることを願っている。

＊＊＊

本オーストラリア短編小説集を出版するに至った経緯について、ここで述べておきたい。私は、二〇〇〇年にメルボルン大学のオーストラリア・センターで、勤務先の同志社大学からいただいた一年間の在外研究期間を過ごした。このセンターは、文学、歴史、文化人類学、社会学、芸術など、学際的なオーストラリアに関する研究がなされる研究機関である。ここではオーストラリア人研究者はもちろんのこと、世界のさまざまな地域から訪れる研究者たちと交流をもつことができる。センターでは金曜日の一一時頃になると、大学院生や研究者たちがコモンルームにどこからともなく集まってきて、センター長を囲んでお茶とお菓子をいただきながら情報交換をするのが習慣となっている。私もこの時間にさまざまな学生や研究者たちと貴重な出会いをし、有意義な交流をもつことができた。そうした機会を提供してくださったのが、センター長でありまたメルボルン大学の歴史学科の教授であり、本短編小説集の編者のひとりであるケイト・ダリアン＝スミス先生である。

このセンターでは日本やアメリカなどの大学からの学生も受け入れ、語学文化研修も行っている。私の滞在中にも、日本からこのプログラムに参加する大学生たちと出会った。あるとき、ダリアン＝スミス先生との会話のなかで、日本から訪れる日本人大学生のことが話題となった。先生は「日本の大学生は、オーストラリアの研修をとても楽しんでいるようだが、オーストラリアのことについては、あまりよく知らないようだ」とおっしゃった。とりわけ、ほとんどの日本人学生が、第二次世界大戦中、日本とオーストラリアが敵国として戦った事実を知らないことに驚かれたようだ。もちろん、オーストラリアの学生は、そのことを「歴史的事実」として知っている。今でこそ、オーストアリアが多文化社会であることは、大方の日本人学生は知っているだろうが、八年前には、オーストラリアが多文化社会であることさえ知らずにオーストラリアを訪れていた者も少なくなかった。一部の日本人学生にとっては、アジア系オーストラリア人が存在することすら考えも及ばないことだったのである。

ダリアン＝スミス先生と私は、日本から訪れる学生に、あるいはオーストラリアに興味をもつ一般の人びとに、もっとオーストラリア社会を知ってもらう手立てはないものかと考えた。日本では、オーストラリアの多文化社会を紹介する歴史書や社会学、政治学関係の書物はすでに出版されている。しかし、多文化主義政策によるオーストラリアの社会の変容や、先住民アボリジニの歴史について、あるいは多文化国家が抱えるさまざまな問題を理解してもらうには、「文学」という手段がよいのではないかと考えた。一九八〇年代にオーストラリア文学が紹介されて以後、多文化という視点から書かれた文学作品が日本に紹介されていなかったことも、この企画を進めていく大きな理由となった。

ダリアン＝スミス先生と私は、二〇〇一年に現代社会を映すオーストラリアの短編小説集を翻訳出版することにした。先生は当時発表された作品のなかでとくに多文化を映す作品を選びだすことを、私はそれらを日本語で翻訳するメンバーと、翻訳書を出版できる出版社を探すということを約束して帰国した。早速、先生は雑誌、新聞、アンソロジーなどから短編を収集してくださった。私はほぼ毎年オーストラリアを訪れ、その度に教授と会って作品選びを行なった。集めてくださった膨大な数の作品から「多文化社会を映す」というテーマに絞って候補作品を選んでいった。

その後、「オーストラリア・ニュージーランド文学会」の関西支部の研究会のメンバーが作品を読み、訳したいと思うものを選んでいった。結果的には一六編の短編を選び翻訳することとなった。作品選びと訳出にはかなりの時間とエネルギーを費やしたが、作品を選出する段階では、ダリアン＝スミス先生のほかに、日本をたびたび訪れる親日家のオーストラリア詩人、ジョン・マティア氏、現在、日本の大学で教鞭をとっている同じく詩人のマイケル・ブレナン氏からも作品の紹介や助言をいただいた。

このような経緯で本短編小説集の出版に至ったのであるが、翻訳についても少し述べておく。文体や句読点、漢字表記については個々の作品のもち味と訳者の方針を尊重し、作品のなかでの統一を守った。オーストラリアの風土から生まれた独特な表現、たとえば動、植物名などについてはできる限り注釈をつけた。また、日本語に訳すと英語本来の意味を失ってしまうオーストラリア英語については原文をカタカナ表記し、ルビを付すことによってその意味を解説し、原文の味を生かすことにした。また、オーストラリア英語の独特な発音については、訳語に同じくルビを付すことによって、オーストラリア英語の雰囲気を保つように心がけた。オーストラリア英語については、できる限りの注意を払ったつもりであるが、行き届かない点もあるかと思われる。お気づきの点がある場合には、ご教示いただければ幸いである。

本短編小説集を出版するにあたっては数多くの方がたのご支持をいただいた。東京大学出版会の竹中英俊氏には、本短編小説集を翻訳出版することについて、当初より励ましのお言葉をいただき、大きな支えとなった。深く感謝申し上げる。また、クィーンズランド大学教授（現東京大学客員教授）のディヴィッド・カーター氏には、短編小説集の出版に際し、作品や作家について貴重な助言をいただいた。二十年来の変わらない友情に感謝の意を表したい。また、詩人でありメルボルン大学のクリス・ウォーレス＝クラブ名誉教授には、作品を選ぶ段階で、移民系作家の背景について貴重な情報を与えていただいた。この場を借りて、厚くお礼を申し上げたい。民族学博物館名誉教授で、現在、吹田市立博物館館長の小山修三先生には、先住民アボリジニの文化的背景について多くのご教示をいただき、翻訳に大いに役立てることができた。深く感謝申し上げる。

本短編小説集を出版するにあたり、オーストラリアの政府機関（外務貿易省）に属する豪日交流基金より、二〇〇七年度の「サー・ニール・カリー賞（出版助成）」が授与された。さらにオーストラリア・カウンシルからも出版助成をいただいた。両者に対して、心より感謝の意を表したい。また、本短編小説集の出版の時期が、オーストラリアのアボリジニ画家、エミリー・ウングワレー展の開催と重なるという幸運に恵まれた。現代企画室の発案で、この機会にオーストラリアのアートと文学を広めるための出版記念シンポジウムを開催することになった。このイベントをとおして、より多くの方にオーストラリアの文化や芸術、文学を知っていただくことを期待するとともに、このような機会を実現させるための助成をしてくださった豪日交流基金に重ねて感謝する次第である。そして、この企画を進めてくださった、アートフロントギャラリーの前田礼さんに、心よりお礼を申し上げたい。

本短編小説集の出版を引き受けてくださった現代企画室の編集者、小倉裕介氏には大変お世話になった。短編小説集の出版について最初にお話をしたときから、好意的に受け入れてくださり、翻訳者たちは大変勇気づけられた。また原稿を辛抱強く待っていただいたことに関しては、恐縮するとともに深く感謝している。翻訳に関しても、数多くの貴重で的確なコメントをいただいたことにもお礼を申しあげたい。そして、この短編集の企画から出版まで実に八年という長い年月を忍耐強く編集に携わってくださった、メルボルン大学のケイト・ダリアン＝スミス先生、それから作家との連絡をとる煩雑な仕事を一貫して引き受けてくださったメルボルン大学博士課程の学生、ケリー・バトラーさんには、心よりお礼を申し上げたい。

今回収録した一六編の作品のうちの三編、「ダイヤモンド・ドッグ」、「キョーグル線」、「捕獲」については、二〇〇六年に『すばる』（集英社）の六月号に「オーストラリア文学」の特集が組まれ、そのなかに掲載された。多文化社会からどのような文学が生まれるのかに深い興味を示してくださり、特集を担当してくださった編集者の川崎千恵子さんに厚くお礼を申し上げたい。

最後になるが、パトリック・ホワイトの『叔母の物語』などを訳され、日本のオーストラリア文学紹介の草分け的存在として活躍された、日本女子大学の恩師である岩淵寿津先生が、昨年の一二月に他界された。岩淵先生には学生時代からオーストラリア留学時代をとおしてオーストラリア文学のことについて多くご教示いただいた。私の研究を常に暖かく見守ってくださった岩淵先生にこの短編小説集を捧げ、先生のご冥福を心よりお祈り申し上げる。

二〇〇八年春　有満保江

【編者紹介】

ケイト・ダリアン＝スミス（Kate Darian-Smith）

メルボルン大学大学院博士課程（歴史学）修了、PhD。メルボルン大学教授。歴史学およびオーストラリア研究を専門分野とし、オーストラリアの社会史や文化史に関する論文を多数執筆。2007年まで国際オーストラリア研究学会会長を務め、現在、同副会長。歴史、文化、文学に関係する国内外における多数の雑誌の編集委員を務める。ヨーロッパ、中国、台湾そして日本におけるオーストラリア研究の発展に力を注ぐ。著書は*Memory and History in Twentieth-Century Australia*, (coauthored, Oxford University Press, 1994, 1997); *Britishness Aborad: Transnational Movements and Imperial Cultures* (co-eds., Melbourne University Press, 2007)など多数。

有満保江（ありみつやすえ）

日本女子大学大学院文学研究科（英文学専攻）修了、文学修士。オーストラリア国立大学（オーストラリア文学専攻）修了、ＭＡ。現在、同志社大学言語文化教育研究センター教授。英米文学およびオーストラリア文学を専門分野とする。主要著書に『ロレンス研究「ラモンとツァラトゥストラ―二つの「意志」をめぐって」』（共著、朝日出版社、1992年）『ロレンス研究「内なるポストコロニアリズムの構図―『チャタレー卿夫人の恋人』を読む」（共著、朝日出版社、1998年）『オーストラリアのアイデンティティ―文学にみるその模索と変容』（東京大学出版会、2003年）『オーストラリア入門第2版』（分担執筆、東京大学出版会、2007年）など。

【訳者紹介】

佐藤渉（さとうわたる）1972年生まれ。立命館大学大学院文学研究科博士課程後期課程修了。文学博士。立命館大学法学部准教授。

下楠昌哉（しもくすまさや）1968年生まれ。上智大学大学院文学研究科英米文学専攻博士後期課程修了。文学博士。同志社大学文学部英文学科准教授。

湊圭史（みなとけいじ）1973年生まれ。立命館大学大学院文学研究科英米文学専攻博士課程後期課程単位満了退学。立命館大学非常勤講師。

渡邊大太（わたなべだいた）1977年生まれ。同志社大学文学部英文学科卒業、関西学院大学大学院言語コミュニケーション文化研究科修士課程修了。関西学院高等部英語科教諭。

ダイヤモンド・ドッグ
——《多文化を映す》現代オーストラリア短編小説集

発行　：2008年5月25日　初版第1刷1500部
定価　：2,400円＋税
編者　：ケイト・ダリアン＝スミス、有満保江
装丁　：泉沢儒花（Bit Rabbit）
発行者：北川フラム
発行所：現代企画室
150-0031　東京都渋谷区桜丘町15-8-204
Tel. 03-3461-5082　Fax. 03-3461-5083
e-mail. gendai@jca.apc.org　http://www.jca.apc.org/gendai/
印刷所：中央精版印刷株式会社

ISBN 978-4-7738-0804-9 C0097 Y2400E

本書の翻訳と出版にあたり、オーストラリア政府（豪日交流基金およびオーストラリア・カウンシル）の助成を受けました。
The translation and publication of this book has been assisted by the Australian Government through the Australia-Japan Foundation and the Australia Council for the Arts, its arts funding and advisory body.